U0942758

Yilin Classics

经/典/译/林

边城

沈从文 著

译林出版社

图书在版编目(CIP)数据

边城／沈从文著；杨宪益，戴乃迭译. —南京：译林出版社，2015.10（2023.3 重印）
（经典译林）
ISBN 978-7-5447-5741-6

Ⅰ.①边… Ⅱ.①沈… ②杨… ③戴… Ⅲ.①中篇小说-中国-现代 Ⅳ.①I246.5

中国版本图书馆 CIP 数据核字（2015）第 199997 号

书　　名 边　城
作　　者 沈从文
译　　者 杨宪益　戴乃迭
责任编辑 田　智
责任印制 董　虎
出版发行 译林出版社
地　　址 南京市湖南路 1 号 A 楼
邮　　箱 yilin@ yilin. com
网　　址 www. yilin. com
印　　刷 江苏凤凰盐城印刷有限公司
开　　本 880 毫米×1240 毫米　1/32
印　　张 6.75
版　　次 2015 年 10 月第 1 版
印　　次 2023 年 3 月第 24 次印刷
书　　号 ISBN　978-7-5447-5741-6
定　　价 36.00 元

译林版图书若有印装错误可向出版社调换
市场热线：025-86633278　　质量热线：025-83658316

CONTENTS · 目录

题　记

对于农人与兵士，怀了不可言说的温爱，这点感情在我一切作品中，随处都可以看出。我从不隐讳这点感情。我生长于作品中所写到的那类小乡城，我的祖父，父亲以及兄弟，全列身军籍：死去的莫不在职务上死去，不死的也必然的将在职务上终其一生。就我所接触的世界一面，来叙述他们的爱憎与哀乐，即或这枝笔如何笨拙，或尚不至于离题太远。因为他们是正直的，诚实的，生活有些方面极其伟大，有些方面又极其平凡，性情有些方面极其美丽，有些方面又极其琐碎，——我动手写他们时，为了使其更有人性，更近人情，自然便老老实实的写下去。但因此一来，这作品或者便不免成为一种无益之业了。因为它对于在都市中生长教育的读书人说来，似乎相去太远了。他们的需要应当是另外一种作品，我知道的。

照目前风气说来，文学理论家，批评家及大多数读者，对于这种作品是极容易引起不愉快的感情的。前者表示"不落伍"，告给人中国不需要这类作品，后者"太担心落伍"，目前也不愿意读这类作品。这自然是真事。"落伍"是什么？一个有点理性的人，也许就永远无法明白，但多数人谁不害怕"落伍"？我有句话想说："我这本书不是为这种多数人而写的。"大凡念了三五本关于文学理论文学批评问题的洋装书籍，或同时还念过一大堆古典与近代世界名作的人，他们生活的经验，却常常不许可他们在"博学"之外，还知道一点点中国另外一个地方另外一种事情。因此这个作品即或与当前某种文学理论相符合，批评家便加以各种赞美，这种批评其实仍然不免成为作者的侮辱。他们既并不想明白这个民族真正的爱憎与哀乐，便无法说明这个作品的得失，——这本书不是为他们而写的。至于文艺爱好者呢，他们或是大学生，或是中学生，分布于国内人口较密的都市中，常常很诚实天真的把一部分极可宝贵的时间，来阅读国内新近出版的文学书籍。他们为一些理论家，批评家，聪明出版家，以及习惯于说谎造谣的文坛消息家，同力协作造成一种习气所控制，所支配，他们的生活，同时又实在与这个作品所提到的世界相去太远了。——他们不需要这种作品，这本书也就并不希望得到他们。理论家有各国出版物中的文学理论可以参证，不愁无话可说：批评家有他们欠了点儿小恩小怨的作家与作品，够他们去毁誉一世。大多数的读者，不问趣味如何，信仰如何，皆有作品可读。正因为关心读者大众，不是便有许多人，据说为读者大众，永远如陀螺在那里转变吗？这本书的出版，即或并不为领导多数的理论家与批评家所弃，被领导的多数读者又并不完全放弃它，但本书作者，却早已存心把这个"多数"放弃了。

我这本书只预备给一些"本身已离开了学校，或始终就无从接近学校，还认识些中国文字，置身于文学理论、文学批评以及说谎造谣消息所达不到的那种职务上，在那个社会里生活，而且极关心全个民族在空间与时间下所有的好处与坏处"的人去看。他们真知道当前农村是什么，想知道过去农村是什么，他们必也愿意从这本书上同时还知道点世界一小角隅的农村与军人。我所写到的世界，即或在他们全然是一个陌生的世界，然而他们的宽容，他们向一本书去求取安慰与知识的热忱，却一定使他们能够把这本书很从容读下去的。我并不即此而止，还预备给他们一种对照的机会，将在另外一个作品里，来提到二十年来的内战，使一些首当其冲的农民，性格灵魂被大力所压，失去了原来的质朴，勤俭，和平，正直的型范以后，成了一个什么样子的新东西。他们受横征暴敛以及鸦片烟的毒害，变成了如何穷困与懒惰！我将把这个民族为历史所带走向一个不可知的命运中前进时，一些小人物在变动中的忧患，与由于营养不足所产生的“活下去”以及“怎样活下去”的观念和欲望，来作朴素的叙述。我的读者应是有理性，而这点理性便基于对中国现社会变动有所关心，认识这个民族的过去伟大处与目前堕落处，各在那里很寂寞的从事与民族复兴大业的人。这作品或者只能给他们一点怀古的幽情，或者只能给他们一次苦笑，或者又将给他们一个噩梦，但同时说不定，也许尚能给他们一种勇气同信心！

二十三年四月二十四日记

（为保持作品原貌，对于与现在不同的字词用法，本书均不作改动。——编注）

新　题　记

民十随部队入川，由茶峒过路，住宿二日，曾从有马粪城门口至城中二次，驻防一小庙中，由河街小船上玩数次。开拔日微雨，约四里始过渡，闻杜鹃极悲哀。是日翻上棉花坡，约高上二十五里，半路见路劫致死者数人。山顶堡砦已焚毁多日。民二十二日至青岛崂山北九水路上，见村中有死者家人"报庙"行列，一小女孩奉灵幡引路。因与兆和约，将写一故事引入所见。九月至平结婚，即在达子营住处小院中，用小方桌在树荫下写第一章。在《国闻周报》发表。入冬返湘看望母亲，来回四十天，在家乡三天，回到北平续写。二十三年母亲死去，书出版时心中充满悲伤。二十年来生者多已成尘成土，死者在生人记忆中亦淡如烟雾，惟书中人与个人生命成一希奇结合，倘若可以不死，其实作品能不死，当为其中有几个人在个人生命中影响，和几种印象在个人生命中影响。

从文卅七年北平

（本文原由沈从文题写在上海生活书店的初版《边城》样书上，收入《沈从文全集》前未曾发表过。——编注）

一

由四川过湖南去，靠东有一条官路。这官路将近湘西边境到了一个地方名为“茶峒”的小山城时，有一小溪，溪边有座白色小塔，塔下住了一户单独的人家。这人家只一个老人，一个女孩子，一只黄狗。

小溪流下去，绕山阻流，约三里便汇入茶峒的大河。人若过溪越小山走去，则只一里路就到了茶峒城边。溪流如弓背，山路如弓弦，故远近有了小小差异。小溪宽约廿丈，河床为大片石头作成。静静的河水即或深到一篙不能落底，却依然清澈透明，河中游鱼来去皆可以计数。小溪既为川湘来往孔道，限于财力不能搭桥，就安排了一只方头渡船。这渡船一次连人带马，约可以载二十位搭客过河，人数多时则反复来去。渡船头竖了一枝小小竹竿，挂着一个可以活动的铁环，溪岸两端水面牵了一段废缆，有人过渡时，把铁环挂在废缆上，船上人就引手攀缘那条缆索，慢慢的牵船过对岸去。船将拢岸时，管理这渡船的，一面口中嚷着“慢点慢点”，自己霍的跃上了岸，拉着铁环，于是人货牛马全上了岸，翻过小山不见了。渡头为公家所有，故过渡人不必出钱。有人心中不安，抓了一把钱掷到船板上时，管渡船的必为一一拾起，依然塞到那人手心里去，俨然吵嘴时的认真神气：“我有了口粮，三斗米，七百钱,够了。谁要这个!”

但不成,凡事求个心安理得,出气力不受酬谁好意思,不管如何还是有人要把钱的。管船人却情不过,也为了心安起见,便把这些钱托人到茶峒去买茶叶和草烟,将茶峒出产的上等草烟,一扎一扎挂在自己腰带边,过渡的谁需要这东西必慷慨奉赠。有时从神气上估计那远路人对于身边草烟引起了相当的注意时,这弄渡船的便把一小束草烟扎到那人包袱上去,一面说:“大哥,不吸这个吗,这好的,这妙的,看样子不成材,巴掌大叶子,味道蛮好,送人也合式!”茶叶则在六月里放进大缸里去,用开水泡好,给过路人解渴。

管理这渡船的,就是住在塔下的那个老人。活了七十年,从二十岁起便守在这小溪边,五十年来不知把船来去渡了若干人。年纪虽那么老了,本来应当休息了,但天不许他休息,他仿佛便不能够同这一分生活离开。他从不思索自己的职务对于本人的意义,只是静静的很忠实的在那里活下去。代替了天,使他在日头升起时,感到生活的力量,当日头落下时,又不至于思量与日头同时死去的,是那个伴在他身旁的女孩子。他唯一的朋友为一只渡船与一只黄狗,唯一的亲人便只那个女孩子。

女孩子的母亲,老船夫的独生女,十五年前同一个茶峒军人唱歌相熟后,很秘密的背着那忠厚爸爸发生了暧昧关系。有了小孩子后,这屯戍兵士便想约了她一同向下游逃去。但从逃走的行为上看来,一个违悖了军人的责任,一个却必得离开孤独的父亲。经过一番考虑后,屯戍兵见她无远走勇气,自己也不便毁去作军人的名誉,就心想:一同去生既无法聚首,一同去死应当无人可以阻拦,首先服了毒。女的却关心腹中的一块肉,不忍心,拿不出主张。事情业已为作渡船夫的父亲知道,父亲却不加上一个有分量的字眼儿,只作为并不听到过这事情一样，仍然把日子很平静的过下去。女儿一面怀了羞惭，一面却怀了怜悯，依旧守在父亲身边，待到腹中小孩生下后，却到溪边故意吃了许多冷水死去了。在一种奇迹中，这遗孤居然已长大成人，一转眼间便十三岁了。为了住处两山多篁竹，翠色逼人而来，老船夫随便为这个可怜的孤雏拾取了一个近身的名字，叫作"翠翠"。

翠翠在风日里长养着，故把皮肤变得黑黑的，触目为青山绿水，故眸子清明如水晶。自然既长养她且教育她，为人天真活泼，处处俨然如一只小兽物。人又那么乖，如山头黄麂一样，从不想到残忍事情，从不发愁，从不动气。平时在渡船上遇陌生人对她有所注意时，便把光光的眼睛瞅着那陌生人，作成随时皆可举步逃入深山的神气，但明白了面前的人无机心后，就又从从容容的在水边玩耍了。

老船夫不论晴雨，必守在船头。有人过渡时，便略弯着腰，两手缘引了竹缆，把船横渡过小溪。有时疲倦了，躺在临溪大石上睡着了，人在隔岸招手喊过渡，翠翠不让祖父起身，就跳下船去，很敏捷的替祖父把路人渡过溪，一切皆溜刷在行，从不误事。有时又和祖父黄狗一同在船上，过渡时和祖父一同动手牵扯缆索。船将近岸边，祖父正向客人招呼："慢点，慢点"时，那只黄狗便口衔绳子，最先一跃而上，且俨然懂得如何方为尽职似的，把船绳紧衔着拖船拢岸。

风日清和的天气，无人过渡，镇日长闲，祖父同翠翠便坐在门前大岩石上晒太阳。或把一段木头从高处向水中抛去，嗾使身边黄狗自岩石高处跃下，把木头衔回来。或翠翠与黄狗皆张着耳朵，听祖父说些城中多年以前的战争故事。或祖父同翠翠两人，各把小竹作成的竖笛，逗在嘴边吹着迎亲送女的曲子。过渡人来了，老船夫放下了竹管，独自跟到船边去，横溪渡人，在岩上的一个，见船开动时，于是锐声喊着：

“爷爷，爷爷，你听我吹——你唱!”

爷爷到溪中央便很快乐的唱起来，哑哑的声音同竹管声振荡在寂静空气里，溪中仿佛也热闹了一些。实则歌声的来复，反而使一切更寂静。

有时过渡的是从川东过茶峒的小牛，是羊群，是新娘子的花轿，翠翠必争着作渡船夫，站在船头，懒懒的攀引缆索，让船缓缓的过去。牛羊花轿上岸后，翠翠必跟着走，送队伍上山，站到小山头，目送这些东西走去很远了，方回转船上，把船牵靠近家的岸边。且独自低低的学小羊叫着，学母牛叫着，或采一把野花缚在头上，独自装扮新娘子。

茶峒山城只隔渡头一里路，买油买盐时，逢年过节祖父得喝一杯酒时，祖父不上城，黄狗就伴同翠翠入城里去备办东西。到了卖杂货的铺子里，有大把的粉条，大缸的白糖，有炮仗，有红蜡烛，莫不给翠翠一种很深的印象，回到祖父身边，总把这些东西说个半天。那里河边还有许多船，比起渡船来全大得多，有趣味得多，翠翠也不容易忘记。

二

茶峒地方凭水依山筑城，近山一面，城墙俨然如一条长蛇，缘山爬去。临水一面则在城外河边留出余地设码头，湾泊小小篷船。船下行时运桐油、青盐、染色的五棓子。上行则运棉花、棉纱以及布匹、杂货同海味。贯串各个码头有一条河街，人家房子多一半着陆，一半在水，因为余地有限，那些房子莫不设有吊脚楼。河中涨了春水，到水脚逐渐进街后，河街上人家，便各用长长的梯子，一端搭在自家屋檐口，一端搭在城墙上，人人皆骂着嚷着，带了包袱、铺盖、米缸，从梯子上进城里去，等待水退时方又从城门口出城。某一年水若来得特别猛一些，沿河吊脚楼必有一处两处为大水冲去，大家皆在城上头呆望。受损失的也同样呆望着，对于所受的损失仿佛无话可说，与在自然安排下，眼见其他无可挽救的不幸来时相似。涨水时在城上还可望着骤然展宽的河面，流水浩浩荡荡，随同山水从上流浮沉而来的有房子、牛、羊、大树。于是在水势较缓处，税关趸船前面，便常常有人驾了小舢板，一见河心浮沉而来的是一匹牲畜，一段小木，或一只空船，船上有一个妇人或一个小孩哭喊的声音，便急急的把船桨去，在下游一些迎着了那个目的物，把它用长绳系定，再向岸边桨去。这些勇敢的人，也爱利，也仗义，同一般当地人相似。不拘救人救物，却同样在一种愉快冒险行为中，做得十分敏捷勇敢，使人见及不能不为之喝彩。

那条河水便是历史上知名的酉水，新名字叫作白河。白河到辰州与沅水汇流后，便略显浑浊，有出山泉水的意思。若溯流而上，则三丈五丈的深潭皆清澈见底。深潭中为白日所映照，河底小小白石子，有花纹的玛瑙石子，全看得明明白白。水中游鱼来去，皆如浮在空气里。两岸多高山，山中多可以造纸的细竹，长年作深翠颜色，迫人眼目。近水人家多在桃杏花里，春天时只需注意，凡有桃花处必有人家，凡有人家处必可沽酒。夏天则晒晾在日光下耀目的紫花布衣裤，可以作为人家所在的旗帜。秋冬来时，人家房屋在悬崖上的，滨水的，无不朗然入目。黄泥的墙，乌黑的瓦，位置却永远那么妥贴，且与四围环境极其调和，使人迎面得到的印象，实在非常愉快。一个对于诗歌图画稍有兴味的旅客，在这小河中，蜷伏于一只小船上，作三十天的旅行，必不至于感到厌烦。正因为处处有奇迹可以发现，自然的大胆处与精巧处，无一地无一时不使人神往倾心。

白河的源流，从四川边境而来，从白河上行的小船，春水发时可以直达川属的秀山。但属于湖南境界的，茶峒算是最后一个水码头。这条河水的河面，在茶峒时虽宽约半里，当秋冬之际水落时，河床流水处还不到二十丈，其余只是一滩青石。小船到此后，既无从上行，故凡川东的进出口货物，皆由这地方落水起岸。出口货物俱由脚夫用桑木扁担压在肩膊上挑抬而来，入口货物也莫不从这地方成束成担的用人力搬去。

这地方城中只驻扎一营由昔年绿营屯丁改编而成的戍兵，及五百家左右的住户。（这些住户中，除了一部分拥有了些山田同油坊，或放账屯油、屯米、屯棉纱的小资本家外，其余多数皆为当年屯戍来此有军籍的人家。）地方还有个厘金局，办事机关在城外河街下面小庙里，局长则长住城中。一营兵士驻扎老参将衙门，除了号兵每天上城吹号玩，使人知道这里还驻有军队以外，兵士皆仿佛并不存在。冬天的白日里，到城里去，便只见各处人家门前皆晾晒有衣服同青菜。红薯多带藤悬挂在屋檐下。用棕衣作成的口袋，装满了栗子、榛子和其他硬壳果，也多悬挂在檐口下。屋角隅各处有大小鸡叫着玩着。间或有什么男子，占据在自己屋前门限上锯木，或用斧头劈树，把劈好的柴堆到敞坪里去如一座一座宝塔。又或可以见到几个中年妇人，穿了浆洗得极硬的蓝布衣裳，胸前挂有白布扣花围裙，躬着腰在日光下一面说话一面作事。一切总永远那么静寂，所有人民每个日子皆在这种寂寞里过去。一分安静增加了人对于“人事”的思索力，增加了梦。在这小城中生存的，各人也一定皆各在分定一份日子里，怀了对于人事爱憎必然的期待。但这些人想些什么？谁知道。住在城中较高处，门前一站便可以眺望对河以及河中的景致，船来时，远远的就从对河滩上看着无数纤夫。那些纤夫也有从下游地方，带了细点心洋糖之类，拢岸时却拿进城中来换钱的。船来时，小孩子的想象，应当在那些拉船人一方面。大人呢，孵一窠小鸡，养两只猪，托下行船夫打付金耳环，带两丈官青布或一坛好酱油，一个双料的美孚灯罩回来，便占去了大部分作主妇的心了。

这小城里虽那么安静和平，但地方既为川东商业交易接头处，故城外小小河街，情形却不同了一点。也有商人落脚的客店，坐镇不动的理发馆。此外饭店、杂货铺、油行、盐栈、花衣庄，莫不各有一种地位，装点了这条河街。还有卖船上用的檀木活车、竹缆与锅罐铺子，介绍水手职业吃码头饭的人家。

小饭店门前长案上，常有煎得焦黄的鲤鱼豆腐，身上装饰了红辣椒丝，卧在浅口钵头里，钵旁大竹筒中插着大把朱红筷子，不拘谁个愿意花点钱，这人就可以傍了门前长案坐下来，抽出一双筷子捏到手上，那边一个眉毛扯得极细脸上擦了白粉的妇人就走过来问："大哥，副爷，要甜酒？要烧酒？"男子火焰高一点的，谐趣的，对内掌柜有点意思的，必故意装成生气似的说："吃甜酒？又不是小孩子，还问人吃甜酒！"那么，酽冽的烧酒，从大瓮里用木滤子舀出，倒进土碗里，即刻就来到身边案桌上了。这烧酒自然是浓而且香的，能醉倒一个汉子，所以照例也不会多吃。杂货铺卖美孚油及点美孚油的洋灯，与香烛纸张。油行屯桐油。盐栈堆四川火井出的青盐。花衣庄则有白棉纱、大布、棉花以及包头的黑绉绸出卖。卖船上用物的，百物罗列，无所不备，且间或有重至百斤以外的铁锚搁在门外路旁，等候主顾问价的。专以介绍水手为事业，吃水码头饭的，在河街的家中，终日大门必敞开着，常有穿青羽缎马褂的船主与毛手毛脚的水手进出，地方像茶馆却不卖茶，不是烟馆又可以抽烟。来到这里的，虽说所谈的是船上生意经，然而船只的上下，划船拉纤人大都有一定规矩，不必作数目上的讨论。他们来到这里大多数倒是在"联欢"。以"龙头管事"作中心，谈论点本地时事、两省商务上情形，以及下游的"新事"。邀会的，集款时大多数皆在此地，扒骰子看点数多少轮作会首时，也常常在此举行。真真成为他们生意经的，有两件事：买卖船只，买卖媳妇。

大都市随了商务发达而产生的某种寄食者，因为商人的需要，水手的需要，这小小边城的河街，也居然有那么一群人，聚集在一些有吊脚楼的人家。这种小妇人不是从附近乡下弄来，便是随同川军来湘流落后的妇人，穿了假洋绸的衣服，印花标布的裤子，把眉毛扯得成一条细线，大大的发髻上敷了香味极浓俗的油类。白日里无事，就坐在门口小凳子上做鞋子，在鞋尖上用红绿丝线挑绣双凤，一面看过往行人，消磨长日。或靠在临河窗口上看水手起货，听水手爬桅子唱歌。到了晚间，则轮流的接待商人同水手，切切实实尽一个妓女应尽的义务。

由于边地的风俗淳朴，便是作妓女，也永远那么浑厚，遇不相熟的主顾，做生意时得先交钱，数目弄清楚后再关门撒野。人既相熟后，钱便在可有可无之间了。妓女多靠四川商人维持生活，但恩情所结，则多在水手方面。感情好的，别离时互相咬着嘴唇咬着颈脖发了誓，约好了“分手后各人皆不许胡闹”，四十天或五十天，在船上浮着的那一个，同在岸上蹲着的这一个，便皆呆着打发这一堆日子，尽把自己的心紧紧缚定远远的一个人。尤其是妇人感情真挚，痴到无可形容，男子过了约定时间不回来，做梦时，就总常常梦船拢了岸，那一个人摇摇荡荡的从船跳板到了岸上，直向身边跑来。或日中有了疑心，则梦里必见那男子在桅上向另一方面唱歌，却不理会自己。性格弱一点儿的，接着就在梦里投河吞鸦片烟，性格强一点儿的便手执菜刀，直向那水手奔去。他们生活虽那么同一般社会疏远，但是眼泪与欢乐，在一种爱憎得失间，揉进了这些人生活里时，也便同另外一片土地另外一些人相似，全个身心为那点爱憎所浸透，见寒作热，忘了一切。若有多少不同处，不过是这些人更真切一点，也更近于糊涂一点罢了。短期的包定，长期的嫁娶，一时间的关门，这些关于一个女人身体上的交易，由于民情的淳朴，身当其事的不觉得如何下流可耻，旁观者也就从不用读书人的观念，加以指摘与轻视。这些人既重义轻利，又能守信自约，即便是娼妓，也常常较之知羞耻的城市中人还更可信任。

掌水码头的名叫顺顺，一个前清时便在营伍中混过日子来的人物，革命时在著名的陆军四十九标做个什长。同样做什长的，有因革命成了伟人名人的，有杀头碎尸的，他却带着少年喜事得来的脚疯痛，回到了家乡，把所积蓄的一点钱，买了一条六桨白木船，租给一个穷船主，代人装货在茶峒与辰州之间来往。气运好，半年之内船不坏事，于是他从所赚的钱上，又讨了一个略有产业的白脸黑发小寡妇。因此一来，数年后，在这条河上，他就有了八只船，一个妻子，两个儿子了。

但这个大方洒脱的人，事业虽十分顺手，却因欢喜交朋结友，慷慨而又能济人之急，便不能同贩油商人一样大大发作起来。自己既在粮子里混过日子，明白出门人的甘苦，理解失意人的心情，故凡因船只失事破产的船家，过路的退伍兵士，游学文墨人，凡到了这个地方闻名求助的，莫不尽力帮助。一面从水上赚来钱，一面就这样洒脱散去。这人虽然脚上有点小毛病，还能泅水；走路难得其平，为人却那么公正无私。水面上各事原本极其简单，一切皆为一个习惯所支配，谁个船碰了头，谁个船妨害了别一人别一只船的利益，皆照例有习惯方法来解决。惟运用这种习惯规矩排调一切的，必需一个高年硕德的中心人物。某年秋天，那原来执事的人死去了，顺顺作了这样一个代替者。那时他还只五十岁，为人既明事明理，正直和平又不爱财，故无人对他年龄怀疑。

到如今，他的儿子大的已十六岁，小的已十四岁。两个年青人皆结实如小公牛，能驾船，能泅水，能走长路。凡从小乡城里出身的年青人所能够作的事，他们无一不作，作去无一不精。年纪较长的，性情如他们爸爸一样，豪放豁达，不拘常套小节。年幼的则气质近于那个白脸黑发的母亲，不爱说话，眼眉却秀拔出群，一望即知其为人聪明而又富于感情。

两兄弟既年已长大，必需在各种生活上来训练他们的人格，作父亲的就轮流派遣两个小孩子各处旅行。向下行船时，多随了自己的船只充伙计，甘苦与人相共。荡桨时选最重的一把，背纤时拉头纤二纤，吃的是干鱼、辣子、臭酸菜，睡的是硬邦邦的舱板。向上行从旱路走去，则跟了川东客货，过秀山、龙潭、酉阳作生意，不论寒暑雨雪，必穿了草鞋按站赶路。且佩了短刀，遇不得已必需动手，便霍的把刀抽出，站到空阔处去，等候对面的一个，继着就同这个人用肉搏来解决。帮里的风气，既为“对付仇敌必需用刀，联结朋友也必需用刀”，故需要刀时，他们也就从不让它失去那点机会。学贸易，学应酬，学习到一个新地方去生活，且学习用刀保护身体同名誉，教育的目的，似乎在使两个孩子学得做人的勇气与义气。一分教育的结果，弄得两个人皆结实如老虎，却又和气亲人，不骄惰，不浮华，不倚势凌人。故父子三人在茶峒边境上为人所提及时，人人对这个名姓无不加以一种尊敬。

作父亲的当两个儿子很小时，就明白大儿子一切与自己相似，却稍稍见得溺爱那第二个儿子。由于这点不自觉的私心，他把长子取名天保，次子取名傩送。天保佑的在人事上或不免有龃龉处，至于傩神所送来的，照当地习气，人便不能稍加轻视了。傩送美丽得很，茶峒船家人拙于赞扬这种美丽，只知道为他取出一个诨名为“岳云”。虽无什么人亲眼看到过岳云，一般的印象，却从戏台上小生岳云，得来一个相近的神气。

三

两省接壤处，十余年来主持地方军事的，注重在安辑保守，处置极其得法，并无变故发生。水陆商务既不至于受战争停顿，也不至于为土匪影响，一切莫不极有秩序，人民也莫不安分乐生。这些人，除了家中死了牛，翻了船，或发生别的死亡大变，为一种不幸所绊倒，觉得十分伤心外，中国其他地方正在如何不幸挣扎中的情形，似乎就永远不曾为这边城人民所感到。

边城所在一年中最热闹的日子，是端午、中秋和过年。三个节日过去三五十年前如何兴奋了这地方人，直到现在，还毫无什么变化，仍是那地方居民最有意义的几个日子。

端午日，当地妇女小孩子，莫不穿了新衣，额角上用雄黄蘸酒画了个王字。任何人家到了这天必可以吃鱼吃肉。大约上午十一点钟左右，全茶峒人就吃了午饭，把饭吃过后，在城里住家的，莫不倒锁了门，全家出城到河边看划船。河街有熟人的，可到河街吊脚楼门口边看，不然就站在税关门口与各个码头上看。河中龙船以长潭某处作起点，税关前作终点作比赛竞争。因为这一天军官、税官以及当地有身分的人，莫不在税关前看热闹。划船的事各人在数天以前就早有了准备，分组分帮各自选出了若干身体结实手脚伶俐的小伙子，在潭中练习进退。船只的形式，与平常木船大不相同，形体一律又长又狭，两头高高翘起，船身绘着朱红颜色长线，平常时节多搁在河边干燥洞穴里，要用它时，拖下水去。每只船可坐十二个到十八个桨手，一个带头的，一个鼓手，一个锣手。桨手每人持一支短桨，随了鼓声缓促为节拍，把船向前划去。带头的坐在船头上，头上缠裹着红布包头，手上拿两枝小令旗，左右挥动，指挥船只的进退。擂鼓打锣的，多坐在船只的中部，船一划动便即刻蓬蓬铛铛把锣鼓很单纯的敲打起来，为划桨水手调理下桨节拍。一船快慢既不得不靠鼓声，故每当两船竞赛到剧烈时，鼓声如雷鸣，加上两岸人呐喊助威，便使人想起小说故事上梁红玉老鹳河时水战擂鼓。牛皋水擒杨幺时也是水战擂鼓。凡把船划到前面一点的，必可在税关前领赏，一匹红，一块小银牌，不拘缠挂到船上某一个人头上去，皆显出这一船合作的光荣。好事的军人，且当每次某一只船胜利时，必在水边放些表示胜利庆祝的五百响鞭炮。

赛船过后，城中的戍军长官，为了与民同乐，增加这个节日的愉快起见，便把绿头长颈大雄鸭，颈脖上缚了红布条子，放入河中，尽善于泅水的军民人等，下水追赶鸭子。不拘谁把鸭子捉到，谁就成为这鸭子的主人。于是长潭换了新的花样，水面各处是鸭子，同时各处有追赶鸭子的人。

船与船的竞赛，人与鸭子的竞赛，直到天晚方能完事。

掌水码头的龙头大哥顺顺，年青时节便是一个泅水的高手，入水中去追逐鸭子，在任何情形下总不落空。但一到次子傩送年过十岁时，已能入水闭气汆着到鸭子身边，再忽然冒水而出，把鸭子捉到，这作爸爸的便解嘲似的向孩子们说："好，这种事有你们来作，我不必再下水了。"于是当真就不下水与人来竞争捉鸭子。但下水救人呢，当作别论。凡帮助人远离患难，便是入火，人到八十岁，也还是成为这个人一种不可逃避的责任！

天保傩送两人皆是当地泅水划船的好选手。

端午快来了，初五划船，河街上初一开会，就决定了属于河街的那只船当天入水。天保恰好在那天应向上行，随了陆路商人过川东龙潭送节货，故参加的就只傩送。十六个结实如牛犊的小伙子，带了香、烛、鞭炮同一个用生牛皮蒙好绘有朱红太极图的高脚鼓，到了搁船的河上游山洞边，烧了香烛，把船拖入水后，各人上了船，燃着鞭炮，擂着鼓，这船便如一枝箭似的，很迅速的向下游长潭射去。

那时节还是上午，到了午后，对河渔人的龙船也下了水，两只龙船就开始预习种种竞赛的方法。水面上第一次听到了鼓声，许多人从这鼓声中，感到了节日临近的欢悦。住临河吊脚楼对远方人有所等待的，有所盼望的，也莫不因鼓声想到远人。在这个节日里，必然有许多船只可以赶回，也有许多船只只合在半路过节，这之间，便有些眼目所难见的人事哀乐，在这小山城河街间，让一些人嬉喜，也让一些人皱眉。

蓬蓬鼓声掠水越山到了渡船头那里时，最先注意到的是那只黄狗。那黄狗汪汪的吠着，受了惊似的绕屋乱走，有人过渡时，便随船渡过东岸去，且跑到那小山头向城里一方面大吠。

翠翠正坐在门外大石上用棕叶编蚱蜢蜈蚣玩，见黄狗先在太阳下睡着，忽然醒来便发疯似的乱跑，过了河又回来，就问它骂它：

“狗，狗，你做什么！不许这样子！”

可是一会儿那声音被她发现了，她于是也绕屋跑着，且同黄狗一块儿渡过了小溪，站在小山头听了许久，让那点迷人的鼓声，把自己带到一个过去的节日里去。

四

这是两年前的事。五月端阳，渡船头祖父找人作了代替，便带了黄狗同翠翠进城，到大河边去看划船。河边站满了人，四只朱色长船在潭中滑着，龙船水刚刚涨过，河中水皆豆绿色，天气又那么明朗，鼓声蓬蓬响着，翠翠抿着嘴一句话不说，心中充满了不可言说的快乐。河边人太多了一点，各人皆尽张着眼睛望河中，不多久，黄狗还留在身边，祖父却挤得不见了。

翠翠一面注意划船，一面心想“过不久祖父总会找来的”。但过了许久，祖父还不来，翠翠便稍稍有点儿着慌了。先是两人同黄狗进城前一天，祖父就问翠翠：“明天城里划船，倘若一个人去看，人多怕不怕？”翠翠就说：“人多我不怕，但自己只是一个人可不好玩。”于是祖父想了半天，方想起一个住在城中的老熟人，赶夜里到城里去商量，请那老人来看一天渡船，自己却陪翠翠进城玩一天。且因为那人比渡船老人更孤单，身边无一个亲人，也无一只狗，因此便约好了那人早上过家中来吃饭，喝一杯雄黄酒。第二天那人来了，吃了饭，把职务委托那人以后，翠翠等便进了城。到路上时，祖父想起什么似的，又问翠翠：“翠翠，翠翠，人那么多，好热闹，你一个人敢到河边看龙船吗？”翠翠说：“怎么不敢？可是一个人玩有什么意思。”到了河边后，长潭里的四只红船,把翠翠的注意力完全占去了,身边祖父似乎也可有可无了。祖父心想:“时间还早,到收场时,至少还得三个时刻。溪边的那个朋友,也应当来看看年青人的热闹,回去一趟,换换地位还赶得及。”因此就告翠翠,“人太多了,站在这里看,不要动,我到别处去有点事情,无论如何总赶得回来伴你回家。”翠翠正为两只竞速并进的船迷着,祖父说的话毫不思索就答应了。祖父知道黄狗在翠翠身边,也许比他自己在她身边还稳当,于是便回家看船去了。

祖父到了那渡船处时,见代替他的老朋友,正站在白塔下注意听远处鼓声。

祖父喊叫他,请他把船拉过来,两人渡过小溪仍然站到白塔下去。那人问老船夫为什么又跑回来,祖父就说想替他一会儿故把翠翠留在河边,自己赶回来,好让他也过大河边去看看热闹,且说:“看得好,就不必再回来,只须见了翠翠告她一声,翠翠到时自会回家的。小丫头不敢回家,你就伴她走走!”但那替手对于看龙船已无什么兴味,却愿意同老船夫在这溪边大石上各自再喝两杯烧酒。老船夫听说十分高兴,把酒葫芦取出,推给城中来的那一个。两人一面谈些端午旧事,一面喝酒,不到一会,那人却在岩石上被烧酒醉倒了。

人既醉倒后,无从入城,祖父为了责任又不便与渡船离开,留在河边的翠翠便不能不着急了。

河中划船的决了最后胜负后,城里军官已派人驾小船在潭中放了一群鸭子,祖父还不见来。翠翠恐怕祖父也正在什么地方等着她,因此带了黄狗向各处人丛中挤着去找寻祖父,结果还是不得祖父的踪迹。后来看看天快要黑了，军人扛了长凳出城看热闹的，皆已陆续扛了那凳子回家。潭中的鸭子只剩下三五只，捉鸭人也渐渐的少了。落日向上游翠翠家中那一方落去，黄昏把河面装饰了一层薄雾。翠翠望到这个景致，忽然起了一个怕人的想头，她想："假若爷爷死了？"

她记起祖父嘱咐她不要离开原来地方那一句话，便又为自己解释这想头的错误，以为祖父不来，必是进城去或到什么熟人处去，被人拉着喝酒，故一时不能来的。正因为这也是可能的事，她又不愿在天未断黑以前，同黄狗赶回家去，只好站在那石码头边等候祖父。

再过一会，对河那两只长船已泊到对河小溪里去不见了，看龙船的人也差不多全散了。吊脚楼有娼妓的人家，已上了灯，且有人敲小斑鼓弹月琴唱曲了。另外一些人家，又有猜拳行酒的吵嚷声音。同时停泊在吊脚楼下的一些船只，上面也有人在摆酒炒菜，把青菜萝卜之类，倒进滚热油锅里去时发出吵——的声音。河面已朦朦胧胧，看去好像只有一只白鸭在潭中浮着，也只剩一个人追着这只鸭子。

翠翠还是不离开码头，总相信祖父会来找她一起回家。

吊脚楼上唱曲子声音热闹了一些，只听到下面船上有人说话，一个水手说："金亭，你听你那婊子陪川东庄客喝酒唱曲子，我赌个手指，说这是她的声音！"另一个水手就说："她陪他们喝酒唱曲子，心里可想我。她知道我在船上！"先前那一个又说："身体让别人玩着，心还想着你；你有什么凭据？"另一个说："我有凭据。"于是这水手吹着嗯哨，作出一个古怪的记号，一会儿，楼上歌声便停止了，两个水手皆笑了。两人接着便说了些关于那个女人的一切，使用了不少粗鄙字眼，翠翠不很习惯把这种话听下去，但又不能走开。且听水手之一说，楼上妇人的爸爸是在棉花坡被人杀死的，一共杀了十七刀。翠翠心中那个古怪的想头，“爷爷死了呢？”便仍然占据到心里有一忽儿。

两个水手还正在谈话，潭中那只白鸭慢慢的向翠翠所在的码头边游过来，翠翠想：“再过来些我就捉住你！”于是静静的等着，但那鸭子将近岸边三丈远近时，却有个人笑着，喊那船上水手。原来水中还有个人，那人已把鸭子捉到手，却慢慢的“踹水”游近岸边的。船上人听到水面的喊声，在隐约里也喊道：“二老，二老，你真能干，你今天得了五只吧。”那水上人说：“这家伙狡猾得很，现在可归我了。”“你这时捉鸭子，将来捉女人，一定有同样的本领。”水上那一个不再说什么，手脚并用的拍着水傍了码头。湿淋淋的爬上岸时，翠翠身旁的黄狗，仿佛警告水中人似的，汪汪的叫了几声，那人方注意到翠翠。码头上已无别的人，那人问：

“是谁人？”

“是翠翠！”

“翠翠又是谁？”

“是碧溪岨撑渡船的孙女。”

“你在这儿做什么？”

“我等我爷爷。我等他来。”

“等他来他可不会来，你爷爷一定到城里军营里喝了酒，醉倒后被人抬回去了！”

“他不会这样子。他答应来找我，他就一定会来的。”

“这里等也不成。到我家里去，到那边点了灯的楼上去，等爷爷来找你好不好？”

翠翠误会了邀他进屋里去那个人的好意，心里记着水手说的妇人丑事，她以为那男子就是要她上有女人唱歌的楼上去，本来从不骂人，这时正因等候祖父太久了，心中焦急得很，听人要她上去，以为欺侮了她，就轻轻的说：

“悖时砍脑壳的！”

话虽轻轻的，那男的却听得出，且从声音上听得出翠翠年纪，便带笑说：“怎么，你骂人！你不愿意上去，要呆在这儿，回头水里大鱼来咬了你，可不要叫喊！”

翠翠说：“鱼咬了我也不管你的事。”

那黄狗好像明白翠翠被人欺侮了，又汪汪的吠起来。那男子把手中白鸭举起，向黄狗吓了一下，便走上河街去了。黄狗为了自己被欺侮还想追过去，翠翠便喊：“狗，狗，你叫人也看人叫！”翠翠意思仿佛只在告给狗“那轻薄男子还不值得叫”，但男子听去的却是另外一种好意，男的以为是她要狗莫向好人乱叫，放肆的笑着，不见了。

又过了一阵，有人从河街拿了一个废缆做成的火炬，喊叫着翠翠的名字来找寻她，到身边时翠翠却不认识那个人。那人说：老船夫回到家中，不能来接她，故搭了过渡人口信来告翠翠，要她即刻就回去。翠翠听说是祖父派来的，就同那人一起回家，让打火把的在前引路，黄狗时前时后，一同沿了城墙向渡口走去。翠翠一面走一面问那拿火把的人，是谁告他就知道她在河边。那人说是二老告他的，他是二老家里的伙计，送翠翠回家后还得回转河街。

翠翠说：“二老他怎么知道我在河边？”

那人便笑着说：“他从河里捉鸭子回来，在码头上见你，他说好意请你上家里坐坐，等候你爷爷，你还骂过他！你那只狗不识吕洞宾，只是叫！”

翠翠带了点儿惊讶轻轻的问："二老是谁？"

那人也带了点儿惊讶说："二老你还不知道？就是我们河街上的傩送二老！就是岳云！他要我送你回去！"

傩送二老在茶峒地方不是一个生疏的名字！

翠翠想起自己先前骂人那句话，心里又吃惊又害羞，再也不说什么，默默的随了那火把走去。

翻过了小山，望得见对溪家中火光时，那一方面也看见了翠翠方面的火把，老船夫即刻把船拉过来，一面拉船一面哑声儿喊问："翠翠，翠翠，是不是你？"翠翠不理会祖父，口中却轻轻的说："不是翠翠，不是翠翠，翠翠早被大河里鲤鱼吃去了。"翠翠上了船，二老派来的人，打着火把走了，祖父牵着船问："翠翠，你怎么不答应我，生我的气了吗？"

翠翠站在船头还是不作声。翠翠对祖父那一点儿埋怨，等到把船拉过了溪，一到了家中，看明白了醉倒的另一个老人后，就完事了。但另一件事，属于自己不关祖父的，却使翠翠沉默了一个夜晚。

五

两年日子过去了。

这两年来两个中秋节，恰好都无月亮可看，凡在这边城地方，因看月而起整夜男女唱歌的故事，皆不能如期举行，故两个中秋留给翠翠的印象，极其平淡无奇。两个新年虽照例可以看到军营里与各乡来的狮子龙灯，在小教场迎春，锣鼓喧阗很热闹。到了十五夜晚，城中舞龙耍狮子的镇筸兵士，还各自赤裸着肩膊，往各处去欢迎炮仗烟火。城中军营里，税关局长公馆，河街上一些大字号，莫不头先截老毛竹筒，或镂空棕榈树根株，用洞硝拌和矿炭钢砂，一千槌八百槌把烟火做好。好勇取乐的军士，光赤着个上身，玩着灯打着鼓来了，小鞭炮如落雨的样子，从悬到长竿尖端的空中落到玩灯的肩背上，锣鼓催动急促的拍子，大家皆为这事情十分兴奋。鞭炮放过一阵后，用长凳脚绑着的大筒烟火，在敞坪一端燃起了引线，先是嗞嗞的流泻白光，慢慢的这白光便吼啸起来，作出如雷如虎惊人的声音，白光向上空冲去，高至二十丈，下落时便洒散着满天花雨。玩灯的兵士，在火花中绕着圈子，俨然毫不在意的样子。翠翠同她的祖父，也看过这样的热闹，留下一个热闹的印象，但这印象不知为什么原因，总不如那个端午所经过的事情甜而美。

翠翠为了不能忘记那件事，上年一个端午又同祖父到城边河街去看了半天船，一切玩得正好时，忽然落了行雨，无人衣衫不被雨湿透。为了避雨，祖孙二人同那只黄狗，走到顺顺吊脚楼上去，挤在一个角隅里。有人扛凳子从身边过去，翠翠认得那人正是去年打了火把送她回家的人，就告给祖父：

“爷爷，那个人去年送我回家，他拿了火把走路时，真像个喽啰！”

祖父当时不作声，等到那人回头又走过面前时，就一把抓住那个人，笑嘻嘻说：

“嗨嗨，你这个喽啰！要你到我家喝一杯也不成，还怕酒里有毒，把你这个真命天子毒死！”

那人一看是守渡船的，且看到了翠翠，就笑了。“翠翠，你大长了！二老说你在河边大鱼会吃你，我们这里河中的鱼，现在可吞不下你了。”

翠翠一句话不说，只是抿起嘴唇笑着。

这一次虽在这喽啰长年口中听到个“二老”名字，却不曾见及这个人。从祖父与那长年谈话里，翠翠听明白了二老是在下游六百里外青浪滩过端午的。但这次不见二老却认识了大老，且见着了那个一地出名的顺顺。大老把河中的鸭子捉回家里后，因为守渡船的老家伙称赞了那只肥鸭两次，顺顺就要大老把鸭子给翠翠。且知道祖孙二人所过的日子十分拮据，节日里自己不能包粽子，又送了许多三角粽子。

那水上名人同祖父谈话时，翠翠虽装作眺望河中景致，耳朵却把每一句话听得清清楚楚。那人向祖父说翠翠长得很美，问过翠翠年纪，又问有不有人家。祖父则很快乐的夸奖了翠翠不少，且似乎不许别人来关心翠翠的婚事，故一到这件事便闭口不谈。

回家时,祖父抱了那只白鸭子同别的东西,翠翠打火把引路。两人沿城墙脚走去,一面是城,一面是水。祖父说:“顺顺真是个好人,大方得很。大老也很好。这一家人都好!”翠翠说:“一家人都好,你认识他们一家人吗?”祖父不明白这句话的意思所在,因为今天太高兴一点,便笑着说:“翠翠,假若大老要你做媳妇,请人来做媒,你答应不答应?”翠翠就说:“爷爷,你疯了!再说我就生你的气!”

祖父话虽不再说了,心中却很显然的还转着这些可笑的不好的念头。翠翠着了恼,把火炬向路两旁乱晃着,向前怏怏的走去了。

“翠翠,莫闹,我摔到河里去,鸭子会走脱的!”

“谁也不希罕那只鸭子!”

祖父明白翠翠为什么事不高兴,便唱起摇橹人驶船下滩时催橹的歌声,声音虽然哑沙沙的,字眼儿却稳稳当当毫不含糊。翠翠一面听着一面向前走去,忽然停住了发问:

“爷爷,你的船是不是正在下青浪滩呢?”

祖父不说什么,还是唱着,两人皆记起顺顺家二老的船正在青浪滩过节,但谁也不明白另外一个人的记忆所止处。祖孙二人便沉默的一直走还家中。到了渡口,那代理看船的,正把船泊在岸边等候他们。几人渡过溪到了家中,剥粽子吃,到后那人要进城去,翠翠赶即为那人点上火把,让他有火把照路。人过了小溪上小山时,翠翠同祖父在船上望着,翠翠说:

“爷爷,看喽啰上山了啊!”

祖父把手攀引着横缆,注目溪面升起的薄雾,仿佛看到了什么东西,轻轻的吁了一口气。祖父静静的拉船过对岸家边时,要翠翠先上岸去,自己却守在船边，因为过节，明白一定有乡下人上城里看龙船，还得乘黑赶回家乡。

六

白日里，老船夫正在渡船上同个卖皮纸的过渡人有所争持。一个不能接受所给的钱，一个却非把钱送给老人不可。正似乎因为那个过渡人送钱气派，使老船夫受了点压迫，这撑渡船人就俨然生气似的，迫着那人把钱收回，使这人不得不把钱捏在手里。但船拢岸时，那人跳上了码头，一手铜钱向船舱一撒，却笑眯眯的匆匆忙忙走了。老船夫手还得拉着船让别人上岸，无法去追赶那个人，就喊小山头的孙女：

"翠翠，翠翠，为我拉着那个卖皮纸的小伙子，不许他走！"

翠翠不知道是怎么回事，当真便同黄狗去拦那第一个下船人。那人笑着说：

"不要拦我！……"

正说着，第二个商人赶来了，就告给翠翠是什么事情。翠翠明白了，更紧拉着卖纸人衣服不放，只说："不许走！不许走！"黄狗为了表示同主人的意见一致，也便在翠翠身边汪汪的吠着。其余商人皆笑着，一时不能走路。祖父气吁吁的赶来了，把钱强迫塞到那人手心里，且搭了一大束草烟到那商人的担子上去，搓着两手笑着说："走呀！你们上路走！"那些人于是全笑着走了。

翠翠说："爷爷，我还以为那人偷你东西同你打架！"

祖父就说：

"他送我好些钱。我绝不要这些钱！告他不要钱，他还同我吵，不讲道理！"

翠翠说："全还给他了吗？"

祖父抿着嘴把头摇摇，装成狡猾得意神气笑着，把扎在腰带上留下的那枚单铜子取出，送给翠翠。且说：

"他得了我们那把烟叶，可以吃到镇筸城！"

远处鼓声又蓬蓬的响起来了，黄狗张着两个耳朵听着。翠翠问祖父，听不听到什么声音。祖父一注意，知道是什么声音了，便说：

"翠翠，端午又来了。你记不记得去年天保大老送你那只肥鸭子。早上大老同一群人上川东去，过渡时还问你。你一定忘记那次落的行雨。我们这次若去，又得打火把回家；你记不记得我们两人用火把照路回家？"

翠翠还正想起两年前的端午一切事情。但祖父一问，翠翠却微带点儿恼着的神气，把头摇摇，故意说："我记不得，我记不得。我全记不得！"其实她那意思就是"我怎么记不得？"

祖父明白那话里意思，又说："前年还更有趣，你一个人在河边等我，差点儿不知道回来，天夜了，我还以为大鱼会吃掉你！"

提起旧事，翠翠嗤的笑了。

"爷爷，你还以为大鱼会吃掉我？是别人家说我，我告给你的！你那天只是恨不得让城中的那个爷爷把装酒的葫芦吃掉！你这种人，好记性！"

"我人老了，记性也坏透了。翠翠，现在你人长大了，一个人一定敢上城看船，不怕鱼吃掉你了。”

“人大了就应当守船呢。”

“人老了才应当守船。”

“人老了应当歇憩！”

“你爷爷还可以打老虎，人不老！”祖父说着，于是，把膀子弯曲起来，努力使筋肉在局束中显得又有力又年青，且说：“翠翠，你不信，你咬。”

翠翠睨着腰背微驼的祖父，不说什么话。远处有吹唢呐的声音，她知道那是什么事情，且知道唢呐方向，要祖父同她下了船，把船拉过家中那边岸旁去。为了想早早的看到那迎婚送亲的喜轿，翠翠还爬到屋后塔下去眺望。过不久，那一伙人来了，两个吹唢呐的，四个强壮乡下汉子，一顶空花轿，一个穿新衣的团总儿子模样的青年，另外还有两只羊，一个牵羊的孩子，一坛酒，一盒糍粑，一个担礼物的人。一伙人上了渡船后，翠翠同祖父也上了渡船，祖父拉船，那翠翠却傍花轿站定，去欣赏每一个人的脸色与花轿上的流苏。拢岸后，团总儿子模样的人，从扣花抱肚里掏出了一个小红纸包封，递给老船夫。这是当地规矩，祖父再不能说不接收了。但得了钱祖父却说话了，问那个人，新娘是什么地方人，明白了，又问姓什么，明白了，又问多大年纪，一起皆弄明白了。吹唢呐的一上岸后又把唢呐呜呜喇喇吹起来，一行人便翻山走了。祖父同翠翠留在船上，感情仿佛皆追着那唢呐声音走去，走了很远的路方回到自己身边来。

祖父掂着那红纸包封的分量说：“翠翠，宋家堡子里新嫁娘年纪还只十五岁。”

翠翠明白祖父这句话的意思所在，不作理会，静静的把船拉动起来。

到了家边，翠翠跑回家中去取小小竹子做的双管唢呐，请祖父坐在船头吹“娘送女”曲子给她听，她却同黄狗躺到门前大岩石上荫处看天上的云。白日渐长，不知什么时节，祖父睡着了，翠翠同黄狗也睡着了。

七

到了端午。祖父同翠翠在三天前业已预先约好，祖父守船，翠翠同黄狗过顺顺吊脚楼去看热闹。翠翠先不答应，后来答应了。但过了一天，翠翠又翻悔回来，以为要看两人去看，要守船两人守船。祖父明白那个意思，是翠翠玩心与爱心相战争的结果。为了祖父的牵绊，应当玩的也无法去玩，这不成！祖父含笑说："翠翠，你这是为什么？说定了的又翻悔，同茶峒人平素品德不相称。我们应当说一是一，不许三心二意。我记性并不坏到这样子，把你答应了我的即刻忘掉！"祖父虽那么说，很显然的事，祖父对于翠翠的打算是同意的。但人太乖巧，祖父有点愀然不乐了。见祖父不再说话，翠翠就说："我走了，谁陪你？"

祖父说："你走了，船陪我。"

翠翠把一对眉毛皱拢去苦笑着，"船陪你，嗨，嗨，船陪你。"

祖父心想："你总有一天会要走的。"但不敢提起这件事。祖父一时无话可说，于是走过屋后塔下小圃里去看葱，翠翠跟过去。

"爷爷，我决定不去，要去让船去，我替船陪你！"

"好，翠翠，你不去我去，我还得戴了朵红花，装老太婆去见世面！"

两人都为这句话笑了许久。所争持的事,不求结论了。

祖父理葱,翠翠却摘了一根大葱吹着。有人在东岸喊过渡,翠翠不让祖父占先,便忙着跑下去,跳上了渡船,援着横溪缆子拉船过溪去接人。一面拉船一面喊祖父:

“爷爷,你唱,你唱!”

祖父不唱,却只站在高岩上望翠翠,把手摇着,一句话不说。

祖父有点心事。

翠翠一天比一天大了,无意中提到什么时,会红脸了。时间在成长她,似乎正催促她,使她在另外一件事情上负点儿责。她欢喜看扑粉满脸的新嫁娘,欢喜说到关于新嫁娘的故事,欢喜把野花戴到头上去,还欢喜听人唱歌。茶峒人的歌声,缠绵处她已领略得出。她有时仿佛孤独了一点,爱坐在岩石上去,向天空一片云一颗星凝眸。祖父若问:“翠翠,想什么?”她便带着点儿害羞情绪,轻轻的说:“翠翠不想什么。”但在心里却同时又自问:“翠翠,你想什么?”同是自己也在心里答着:“我想的很远,很多。可是我不知想些什么。”她的确在想,又的确连自己也不知在想些什么。这女孩子身体既发育得很完全,在本身上因年龄自然而来的一件“奇事”,到月就来,也使她多了些思索。

祖父明白这类事情对于一个女子的影响,祖父心情也变了些。祖父是一个在自然里活了七十年的人,但在人事上的自然现象,就有了些不能安排处。因为翠翠的长成,使祖父记起了些旧事,从掩埋在一大堆时间里的故事中,重新找回了些东西。

翠翠的母亲,某一时节原同翠翠一个样子。眉毛长,眼睛大,皮肤红红的。也乖得使人怜爱——也懂在一些小处，起眼动眉毛，机伶懂事，使家中长辈快乐。也仿佛永远不会同家中这一个分开。但一点不幸来了，她认识了那个兵。到末了丢开老的和小的，却陪那个兵死了。这些事从老船夫说来谁也无罪过，只应"天"去负责。翠翠的祖父口中不怨天，心却不能完全同意这种不幸的安排。到底还像年青人，说是放下了，也正是不能放下的莫可奈何容忍到的一件事！

并且那时有个翠翠。如今假若翠翠又同妈妈一样，老船夫的年龄，还能把小雏儿再抚育下去吗？人愿意神却不同意！人太老了，应当休息了，凡是一个良善的中国乡下人，一生中生活下来所应得到的劳苦与不幸，业已全得到了。假若另外高处有一个上帝，这上帝且有一双手支配一切，很明显的事，十分公道的办法，是应当把祖父先收回去，再来让那个年青的在新的生活上得到应分接受那幸或不幸，才合道理。

可是祖父并不那么想。他为翠翠担心。有时便躺到门外岩石上，对着星子想他的心事。他以为死是应当快到了的，正因为翠翠人已长大了，证明自己也真正老了。可是无论如何，得让翠翠有个着落。翠翠既是她那可怜的母亲交把他的，翠翠大了，他也得把翠翠交给一个人，他的事才算完结！翠翠应分交给谁？必需什么样的人方不委屈她？

前几天顺顺家天保大老过溪时，同祖父谈话，这心直口快的青年人，第一句话就说：

"老伯伯，你翠翠长得真标致，像个观音样子。再过两年，若我有闲空能留在茶峒照料事情，不必像老鸦成天到处飞，我一定每夜到这溪边来为翠翠唱歌。"

祖父用微笑奖励这种自白。一面把船拉动，一面把那双小眼睛瞅着大老。意思好像说，你的傻话我全明白，我不生气，你尽管说下去，看你还有什么要说。

于是大老又说：

“翠翠太娇了，我担心她只宜于听点茶峒人的歌声，不能作茶峒女子做媳妇的一切正经事。我要个能听我唱歌的情人，却更不能缺少个照料家务的媳妇。‘又要马儿不吃草，又要马儿走得好’，唉，这两句话恰是古人为我说的！”

祖父慢条斯理把船掉了头，让船尾傍岸，就说：

“大老，也有这种事儿！你瞧着吧。”

那青年走去后，祖父温习着那些出于一个男子口中的真话，实在又愁又喜。翠翠若应当交把一个人，这个人是不是适宜于照料翠翠？当真交把了他，翠翠是不是愿意？

八

初五大清早落了点毛毛雨，河上游且涨了点“龙船水”，河水已变作豆绿色。祖父上城买办过节的东西，戴了个粽粑叶“斗篷”，携带了一个篮子，一个装酒的大葫芦，肩头上挂了个褡裢，其中放了一吊六百制钱，就走了。因为是节日，这一天从小村小寨带了铜钱担了货物上城去办货掉货的极多，这些人起身也极早，故祖父走后，黄狗就伴同翠翠守船。翠翠头上戴了一个崭新的斗篷，把过渡人一趟一趟的送来送去。黄狗坐在船头，每当船拢岸时必先跳上岸边去衔绳头，引起每个过渡人的兴味。有些过渡乡下人也携了狗上城，照例如俗话说的，“狗离不得屋”，这些狗一离了自己的家，即或傍着主人，也变得非常老实了。到过渡时，翠翠的狗必走过去嗅嗅，从翠翠方面讨取了一个眼色，似乎明白翠翠的意思，就不敢有什么举动。直到上岸后，把拉绳子的事情作完，眼见到那只陌生的狗上小山去了，也必跟着追去。或者向狗主人轻轻吠着，或者逐着那陌生的狗，必得翠翠带点儿嗔恼的嚷着：“狗，狗，你狂什么？还有事情做，你就跑呀！”于是这黄狗赶快跑回船上来，且依然满船闻嗅不已。翠翠说：“这算什么轻狂举动！跟谁学得的！还不好好蹲到那边去！”狗俨然极其懂事，便即刻到它自己原来地方去，只间或又像想起什么似的，轻轻的吠几声。

雨落个不止，溪面一片烟。翠翠在船上无事可作时，便算着老船夫的行程。她知道他这一去应到什么地方碰到什么人，谈些什么话，这一天城门边应当是些什么情形，河街上应当是些什么情形，“心中一本册”，她完全如同眼见到的那么明明白白。她又知道祖父的脾气，一见城中相熟粮子上人物，不管是马夫火夫，总会把过节时应有的颂祝说出。这边说，“副爷，你过节吃饱喝饱！”那一个便也将说，“划船的，你吃饱喝饱！”那一个便也将说，“有什么可以吃饱喝饱？四两肉，两碗酒，既不会饱也不会醉！”那么，祖父必很诚实邀请这熟人过碧溪岨喝个够量。倘若有人当时就想喝一口祖父葫芦中的酒，这老船夫也从不吝啬，必很快的就把葫芦递过去。酒喝过后，那兵营中人卷舌子舔着嘴唇，称赞酒好，于是又必被勒迫着喝第二口。酒在这种情形下少起来了，就又跑到原来铺上去，加满为止。翠翠且知道祖父还会到码头上去同刚拢岸一天两天的上水船水手谈谈话，问问下河的米价盐价，有时且弯着腰钻进那带有海带鱿鱼味，以及其他油味、醋味、柴烟味的船舱里去，水手们从小坛中抓出一把红枣，递给老船夫，过一阵，等到祖父回家被翠翠埋怨时，这红枣便成为祖父与翠翠和解的工具。祖父一到河街上，且一定有许多铺子上商人送他粽子与其他东西，作为对这个忠于职守的划船人一点敬意，祖父虽嚷着“我带了那么一大堆，回去会把老骨头压断”，可是不管如何，这些东西多少总得领点情。走到卖肉案桌边去，他想买肉，人家却照例不愿接钱，屠户若不接钱，他却宁可到另外一家去，决不想占那点便宜。那屠户说，“爷爷，你为人那么硬算什么？又不是要你去做犁口耕田！”但不行，他以为这是血钱，不比别的事情，你不收钱他会把钱预先算好，猛的把钱掷到大而长的钱筒里去,攫了肉就走去的。卖肉的明白他那种性情,到他称肉时总选取最好的一处,且把分量故意加多,他见及时却将说:“喂喂,大老板,我不要你那些好处!腿上的肉是城里人炒鱿鱼肉丝用的肉,莫同我开玩笑!我要夹项肉,我要浓的糯的,我是个划船人,我要拿去炖胡萝卜喝酒的!”得了肉,把钱交过手时,自己先数一次,又嘱咐屠户再数,屠户却照例不理会他,把一手钱哗的向长竹筒口丢去,他于是简直是妩媚的微笑着走了。屠户与其他买肉人,见到他这种神气,必笑个不止……

翠翠还知道祖父必到河街上顺顺家里去。

翠翠温习着两次过节两个日子所见所闻的一切,心中很快乐,好像目前有一个东西,同早间在床上闭了眼睛所看到那种捉摸不定的黄葵花一样,这东西仿佛很明朗的在眼前,却看不准,抓不住。

翠翠想:“白鸡关真出老虎吗?”她不知道为什么忽然想起白鸡关。白鸡关是酉水中部一个地名,离茶峒两百多里路!

于是又想:“三十二个人摇六匹橹,上水走风时张起个大篷,一百幅白布拼成的一片东西,坐在这样大船上过洞庭湖,多可笑……”她不明白洞庭湖有多大,也就从没见过这种大船,更可笑的,还是她自己也不知道为什么却想到这个问题!

一群过渡人来了,有担子,有送公事跑差模样的人物,另外还有母女二人。母亲穿了新浆洗得硬朗的蓝布衣服,女孩子脸上涂着两饼红色,穿了不甚称身的新衣,上城到亲戚家中去拜节看龙船的。等待众人上船稳定后,翠翠一面望着那小女孩,一面把船拉过溪去。那小孩从翠翠估来年纪也将十二岁了,神气却很娇,似乎从不能离开过母亲。脚下穿的是一双尖头新油过的钉鞋,上面沾污了些黄泥。裤子是那种泛紫的葱绿布做的。见翠翠尽是望她,她也便看着翠翠,眼睛光光的如同两粒水晶球。神气中有点害羞,有点不自在,同时也有点不可言说的爱娇。那母亲模样的妇人便问翠翠年纪有几岁。翠翠笑着,不高兴答应,却反问小女孩今年几岁。听那母亲说十三岁时,翠翠忍不住笑了。那母女显然是财主人家的妻女,从神气上就可看出的。翠翠注视那女孩,发现了女孩子手上还戴得有一副麻花铰的银手镯,闪着白白的亮光,心中有点儿歆羡。船傍岸后,人陆续上了岸,妇人从身上摸出一把铜子,塞到翠翠手中,就走了。翠翠当时竟忘了祖父的规矩,也不说道谢,也不把钱退还,只望着这一行人中那个女孩子身后发痴。一行人正将翻过小山时,翠翠忽又忙匆匆的追上去,在山头上把钱还给那妇人。那妇人说:“这是送你的!”翠翠不说什么,只微笑把头尽摇,表示不能接受,且不等妇人来得及说第二句话,就很快的向自己渡船边跑去了。

到了渡船上,溪那边又有人喊过渡,翠翠把船又拉回去。第二次过渡是七个人,又有两个女孩子,也同样因为看龙船特意换了干净衣服,相貌却并不如何美观,因此使翠翠更不能忘记先前那一个。

今天过渡的人特别多,其中女孩子比平时更多,翠翠既在船上拉缆子摆渡,故见到什么好看的,极古怪的,人乖的,眼睛眶子红红的,莫不在记忆中留下个印象。无人过渡时,等着祖父祖父又不来,便尽只反复温习这些女孩子的神气。且轻轻的无所谓的唱着:

“白鸡关出老虎咬人,不咬别人,团总的小姐派第一……大姐戴副金簪子,二姐戴副银钏子,只有我三妹莫得什么戴,耳朵上长年戴条豆芽菜。”

城中有人下乡的,在河街上一个酒店前面,曾见及那个撑渡船的老头子，把葫芦嘴推让给一个年青水手，请水手喝他新买的白烧酒，翠翠问及时，那城中人就告给她所见到的事情。翠翠笑祖父的慷慨不是时候，不是地方。过渡人走了，翠翠就在船上又轻轻的哼着巫师迎神的歌玩：

你大仙，你大神，睁眼看看我们这里人！
他们既诚实，又年青，又身无疾病。
他们大人会喝酒，会作事，会睡觉；
他们孩子能长大，能耐饥，能耐冷；
他们牯牛肯耕田，山羊肯生仔，鸡鸭肯孵卵；
他们女人会养儿子，会唱歌，会找她心中欢喜的情人！

你大神，你大仙，排驾前来站两边。
关夫子身跨赤兔马，
尉迟公手拿大铁鞭。①

你大仙，你大神，云端下降慢慢行！
张果老驴得坐稳，
铁拐李脚下要小心！

福禄绵绵是神恩，
和风和雨神好心，

① 此段后面英译部分译者未译。——编注

好酒好饭当前陈,
肥猪肥羊火上烹!

洪秀全,李鸿章,
你们在生是霸王,
杀人放火尽节全忠各有道,
今来坐席又何妨!
慢慢吃,慢慢喝,
月白风清好过河。
醉时携手同归去,
我当为你再唱歌!

那首歌声音既极柔和,快乐中又微带忧郁。唱完了这歌,翠翠心上觉得有一丝儿凄凉。她想起秋末酬神还愿时田坪中的火燎同鼓角。

远处鼓声已起来了,她知道绘有朱红长线的龙船这时节已下河了,细雨还依然落个不止,溪面一片烟。

九

祖父回家时，大约已将近平常吃早饭时节了，肩上手上全是东西，一上小山头便喊翠翠，要翠翠拉船过小溪来迎接他。翠翠眼看到多少人皆进了城，正在船上急得莫可奈何，听到祖父的声音，精神旺了，锐声答着："爷爷，爷爷，我来了！"老船夫从码头边上了渡船后，把肩上手上的东西搁到船头上，一面帮着翠翠拉船，一面向翠翠笑着，如同一个小孩子，神气充满了谦虚与羞怯。"翠翠，你急坏了，是不是？"翠翠本应埋怨祖父的，但她却回答说："爷爷，我知道你在河街上劝人喝酒，好玩得很。"翠翠还知道祖父极高兴到河街上去玩，但如此说来，将更使祖父害羞乱嚷了，故不提出。

翠翠把搁在船头的东西一一估记在眼里，不见了酒葫芦。翠翠嗤的笑了。

"爷爷，你倒大方，请副爷同船上人吃酒，连葫芦也让他们吃到肚里去了！"

祖父笑着忙作说明：

"哪里，哪里，我那葫芦被顺顺大哥扣下了，他见我在河街上请人喝酒，就说：'喂，喂，摆渡的张横，这不成的。你不开糟坊，如何这样子！你要作仁义大哥哥梁山好汉，把你那个放下来，请我全喝了吧。'他当真那么说，'请我全喝了吧。'我把葫芦放下了。但我猜想他是同我闹着玩的。他家里还少烧酒吗？翠翠，你说，是不是？……"

"爷爷，你以为人家不是真想喝你的酒，便是同你开玩笑吗？"

"那是怎么的？"

"你放心，人家一定因为你请客不是地方，所以扣下你的葫芦，不让你请人把酒喝完。等等就会派毛伙为你送来的，你还不明白，真是！——"

"唉，当真会是这样的！"

说着船已拢了岸，翠翠抢先帮祖父搬东西回家，但结果却只拿了那尾鱼，那个花褡裢；褡裢中钱已用光了，却有一包白糖，一包芝麻小饼子。

两人刚把新买的东西搬运到家中，对溪就有人喊过渡，祖父要翠翠看着肉菜免得被野猫拖去，争着下溪去做事，一会儿，便同那个过渡人嚷着到家中来了。原来这人便是送酒葫芦的。只听到祖父说："翠翠，你猜对了。人家当真把酒葫芦送来了！"

翠翠来不及向灶边走去，祖父同一个年纪青青的脸黑肩膊宽的人物，便进到屋里了。

翠翠同客人皆笑着，让祖父把话说下去。客人又望着翠翠笑，翠翠仿佛明白为什么被人望着，有点不好意思起来，走到灶边烧火去了。溪边又有人喊过渡，翠翠赶忙跑出门外船上去，把人渡过了溪。恰好又有人过溪。天虽落小雨，过渡人却分外多，一连三次。翠翠在船上一面作事一面想起祖父的趣处。不知怎么的，从城里被人打发来送酒葫芦的，她觉得好像是个熟人。可是眼睛里像是熟人，却不明白在什么地方见过面。但也正像是不肯把这人想到某方面去，方猜不着这来人的身分。

祖父在岩坎上边喊："翠翠，翠翠，你上来歇歇，陪陪客！"本来无人过渡便想上岸去烧火，但经祖父一喊，反而不上岸了。

来客问祖父"进不进城看船"，老渡船夫就说"应当看守渡船"。两人又谈了些别的话。到后来客方言归正传：

"伯伯，你翠翠像个大人了，长得很好看！"

撑渡船的笑了。"口气同哥哥一样，倒爽快呢。"这样想着，却那么说："二老，这地方配受人称赞的只有你，人家都说你好看！'八面山的豹子，地地溪的锦鸡'，全是特为颂扬你这个人好处的警句！"

"但是，这很不公平。"

"很公平的！我听船上人说，你上次押船，船到三门下面白鸡关滩口出了事，从急浪中你援救过三个人。你们在滩上过夜，被村子里女人见着了，人家在你棚子边唱歌一整夜，是不是真有其事？"

"不是女人唱歌一夜，是狼嗥。那地方著名多狼，只想得机会吃我们！我们烧了一大堆火，吓住了它们，才不被吃掉！"

老船夫笑了，"那更妙！人家说的话还是很对的。狼是只吃姑娘，吃小孩，吃十八岁标致青年，像我这种老骨头，它不要吃，只嗅一嗅就会走开的！"

那二老说："伯伯，你到这里见过两万个日头，别人家全说我们这个地方风水好，出大人，不知为什么原因，如今还不出大人？"

"你是不是说风水好应出有大名头的人？我以为这种人不生在我们这个小地方，也不碍事。我们有聪明、正直、勇敢、耐劳的年青人，就够了。像你们父子兄弟，为本地增光彩已经很多很多！"

"伯伯,你说得好,我也是那么想。地方不出坏人出好人,如伯伯那么样子,人虽老了,还硬朗得同棵楠木树一样,稳稳当当的活到这块地面,又正经,又大方,难得的咧。"

"我是老骨头了,还说什么。日头,雨水,走长路,挑分量沉重的担子,大吃大喝,挨饿受寒,自己分上的都拿过了,不久就会躺到这冰凉土地上喂蛆吃的。这世界有的是你们小伙子分上的一切,应当好好的干,日头不辜负你们,你们也莫辜负日头!"

"伯伯,看你那么勤快,我们年青人不敢辜负日头!"

说了一阵,二老想走了,老船夫便站到门口去喊叫翠翠,要她到屋里来烧水煮饭,掉换他自己看船。翠翠不肯上岸,客人却已下船了,翠翠把船拉动时,祖父故意装作埋怨神气说:

"翠翠,你不上来,难道要我在家里做媳妇煮饭吗?"

翠翠斜睨了客人一眼,见客人正盯着她,便把脸背过去,抿着嘴儿,很自负的拉着那条横缆,船慢慢拉过对岸了。客人站在船头同翠翠说话:

"翠翠,吃了饭,同你爷爷到我家吊脚楼上去看划船吧?"

翠翠不好意思不说话,便说:"爷爷说不去,去了无人守这个船!"

"你呢?"

"爷爷不去我也不去。"

"你也守船吗?"

"我陪我爷爷。"

"我要一个人来替你们守渡船,好不好?"

嘭的一下船头已撞到岸边土坎上了,船拢了岸。二老向岸上一跃,站在斜坡上说：

“翠翠，难为你！……我回去就要人来替你们，你们赶快吃饭，一同到我家里去看船，今天人多咧，热闹咧！”

翠翠不明白这陌生人的好意，不懂得为什么一定要到他家中去看船，抿着小嘴笑笑，就把船拉回去了。到了家中一边溪岸后，只见那个年青人还正在对溪小山上，好像等待什么，不即走开。翠翠回转家中，到灶口边去烧火，一面把带点湿气的草塞进灶里去，一面向正在把客人带回的那一葫芦酒试着的祖父询问：

“爷爷，那人说回去就要人来替你，要我们两人去看船，你去不去？”

“你高兴去吗？”

“两人同去我高兴。那个人很好，我像认得他，他是谁？”

祖父心想：“这倒对了，人家也觉得你好！”祖父笑着说：“翠翠，你不记得你前年在大河边时，有个人说要让大鱼咬你吗？”

翠翠明白了，却仍然装不明白问：“他是谁？”

“你想想看，猜猜看。”

“我猜不着他是张三李四。”

“顺顺船总家的二老，他认识你你不认识他啊！”他抿了一口酒，像赞美酒又像赞美另一个人，低低的说：“好的，妙的，这是难得的。”

过渡的人在门外坎下叫唤着，老祖父口中还是“好的，妙的……”匆匆下船做事去了。

十

吃饭时隔溪有人喊过渡，翠翠抢着下船，到了那边，方知道原来过渡的人，便是船总顺顺家派来作替手的水手，这人一见翠翠就说道："二老要你们一吃了饭就去，他已下河了。"见了祖父又说："二老要你们吃了饭就去，他已下河了。"

张耳听听，便可听出远处鼓声已较繁密，从鼓声里使人想到那些极狭的船，在长潭中笔直前进时，水面上画着如何美丽的长长的线路！

新来的人茶也不吃，便在船头站妥了，翠翠同祖父吃饭时，邀他喝一杯，只是摇头推辞。祖父说：

"翠翠，我不去，你同小狗去好不好？"

"要不去，我也不想去！"

"我去呢？"

"我本来也不想去，但我愿意陪你去。"

祖父微笑着："翠翠，翠翠，你陪我去，好的，你陪我去！"

…………

祖父同翠翠到城里大河边时，河边早站满了人。细雨已经停止，地面还是湿湿的。祖父要翠翠过河街船总家吊脚楼上去看船,翠翠却似乎有心事怕到那边去,以为站在河边较好。两人虽在河边站定不多久,顺顺便派人把他们请去了。吊脚楼上已有了很多的人。早上过渡时,为翠翠所注意的乡绅妻女,受顺顺家的款待,占据了两个最好窗口,一见到翠翠,那女孩子就说:"你来,你来!"翠翠带着点儿羞怯走去,坐在他们身后条凳上,祖父便走开了。

祖父并不看龙船竞渡,却为一个熟人拉到河上游半里路远近,到一个新碾坊看水碾子去了。老船夫对于水碾子原来就极有兴味的。倚山滨水来一座小小茅屋,屋中有那么一个圆石片子,固定在一个横轴上,斜斜的搁在石槽里。当水闸门抽去时,流水冲激地下的暗轮,上面的圆石片便飞转起来。作主人的管理这个东西,把毛谷倒进石槽中去,把碾好的米弄出放在屋角隅长方箩筛子里,再筛去糠灰。地上全是糠灰,自己头上包着块白布帕子,头上肩上也全是糠灰。天气好时就在碾坊前后隙地里种些萝卜、青菜、大蒜、四季葱。水沟坏了,就把裤子脱去,到河里去堆砌石头修理泄水处。水碾坝若修筑得好,还可装个小小鱼梁,涨小水时就自会有鱼上梁来,不劳而获!在河边管理一个碾坊比管理一只渡船多变化有趣味,情形一看也就明白了。但一个撑渡船的若想有座碾坊,那简直是不可能的妄想。凡碾坊照例是属于当地小财主的产业。那熟人把老船夫带到碾坊边时,就告给他这碾坊业主为谁。两人一面各处视察一面说话。

那熟人用脚踢着新碾盘说:

"中寨人自己坐在高山砦子上,却欢喜来到这大河边置产业;这是中寨王团总的,值大钱七百吊!"

老船夫转着那双小眼睛,很羡慕的去欣赏一切,估计一切,把头点着,且对于碾坊中物件一一加以很得体的批评。后来两人就坐到那还未完工的白木条凳上去，熟人又说到这碾坊的将来，似乎是团总女儿陪嫁的妆奁。那人于是想起了翠翠，且记起大老过去一时托过他的事情来了，便问道：

"伯伯，你翠翠今年十几岁？"

"满十四岁进十五岁。"老船夫说过这句话后，便接着在心中计算过去的年月。

"十四岁多能干！将来谁得她真有福气！"

"有什么福气？又无碾坊陪嫁，一个光人。"

"别说一个光人，一个有用的人，两只手敌得五座碾坊！洛阳桥也是鲁般两只手造的！……"这样那样的说着，说到后来，那人自然笑了。

老船夫也笑了，心想："翠翠有两只手将来也去造洛阳桥吧，新鲜事！"

那人过了一会又说：

"茶峒人年青男子眼睛光，选媳妇也极在行。伯伯，你若不多我的心时，我就说个笑话给你听。"

老船夫问："是什么笑话？"

那人说："伯伯你若不多心时，这笑话也可以当真话去听咧。"

接着说下去的就是顺顺家大老如何在人家面前赞美翠翠，且如何托他来探听老船夫口气那么一件事。末了同老船夫来转述另一回会话的情形。"我问他：'大老，大老，你是说真话还是说笑话？'他就说：'你为我去探听探听那老的，我欢喜翠翠，想要翠翠，是真话呀！'我说：'我这人口钝得很，说出了口收不回，万一老的一巴掌打来呢？'他说：'你怕打，你先当笑话去说，不会挨打的！'所以，伯伯，我就把这件真事情当笑话来同你说了。你试想想，他初九从川东回来见我时,我应当如何回答他?”

老船夫记起前一次大老亲口所说的话,知道大老的意思很真,且知道顺顺也欢喜翠翠,故心里很高兴。但这件事照规矩得这个人带封点心亲自到碧溪岨家中去说,方见得慎重起事,老船夫就说:“等他来时你说:老家伙听过了笑话后,自己也说了个笑话,他说:‘车是车路,马是马路,各有走法。大老走的是车路,应当由大老爹爹作主,请了媒人来正正经经同我说。走的是马路,应当自己作主,站在渡口对溪高崖上,为翠翠唱三年六个月的歌。’”

“伯伯,若唱三年六个月的歌动得了翠翠的心,我赶明天就自己来唱歌了。”

“你以为翠翠肯了我还会不肯吗?”

“不咧,人家以为这件事你老人家肯了,翠翠便无有不肯呢。”

“不能那么说,这是她的事呵!”

“便是她的事情,可是必须老的作主,人家也仍然以为在日头月光下唱三年六个月的歌,还不如得伯伯说一句话好!”

“那么,我说,我们就这样办,等他从川东回来时要他同顺顺去说个明白。我呢,我也先问问翠翠;若以为听了三年六个月的歌再跟那唱歌人走去有意思些,我就请你劝大老走他那弯弯曲曲的马路。”

“那好的。见了他我就说:‘大老,笑话吗,我已经说过了。真话呢,看你自己的命运去了。’当真看他的命运去了,不过我明白他的命运,还是在你老人家手上捏着紧紧的。”

“不是那么说!我若捏得定这件事,我马上就答应了。”

这里两人把话说妥后,就过另一处看一只顺顺新近买来的三舱船去了。

河街上顺顺吊脚楼方面，却有了如下事情。

翠翠虽被那乡绅女人喊到身边去坐，地位非常之好，从窗口望出去，河中一切朗然在望，然而心中可不安宁。挤在其他几个窗口看热闹的人，似乎皆常常把眼光从河中景物挪到这边几个人身上来。还有些人故意装成有别的事情样子，从楼这边走过那一边，事实上却全为的是好仔细看看翠翠这方面几个人。翠翠心中老不自在，只想借故跑去。一会儿河下的炮声响了，几只从对河取齐的船只，直向这方面划来。先是四条船皆相去不远，如四枝箭在水面射着，到了一半，已有两只船占先了些，再过一会子，那两只船中间便又有一只超过了并进的船只而前。看看船到了税局门前时，第二次炮声又响，那船便胜利了。这时节胜利的已判明属于河街人所划的一只，各处便皆响着庆祝的小鞭炮。那船于是沿了河街吊脚楼划去，鼓声蓬蓬作响，河边与吊脚楼各处，都同时呐喊表示快乐的祝贺。翠翠眼见在船头站定摇动小旗指挥进退头上包着红布的那个年青人，便是送酒葫芦到碧溪岨的二老，心中便印着两年前的旧事，“大鱼吃掉你！”“吃掉不吃掉，不用你这个人管！”“好的，我就不管！”“狗，狗，你也看人叫！”想起狗，翠翠才注意到自己身边那只黄狗，早已不知跑到什么地方去，便离了座位，在楼上各处找寻她的黄狗，把船头人忘掉了。

她一面在人丛里找寻黄狗，一面听人家正说些什么话。

一个大脸妇人问：“是谁家的人，坐到顺顺家当中窗口前的那块好地方？”

一个妇人就说：“是砦子上王乡绅家大姑娘，今天说是自己来看船，其实来看人，同时也让人看！人家命好，有本领坐那好地方！”

“看谁人,被谁看?”

“嗨,你还不明白,那乡绅想同顺顺打亲家呢。”

“那姑娘配什么人?是大老,还是二老呢?”

“是二老呀,等等你们看这岳云,就会上楼来拜他丈母娘的!”

另一个女人便插嘴说:“事弄妥了,好得很呢!人家在大河边有一座崭新碾坊陪嫁,比十个长年还好一些。”

有人问:“二老怎么样?”

又有人就轻轻的说:“二老已说过了,这不必看。第一件事我就不想作那个碾坊的主人!”

“你听岳云二老说过吗?”

“我听别人说的。还说二老欢喜一个撑渡船的。”

“他又不是傻小二,不要碾坊,要渡船吗?”

“那谁知道。横顺人是‘牛肉炒韭菜,各人心里爱’。只看各人心里爱什么就吃什么。渡船不会不如碾坊!”

当时各人眼睛对着河里,口中说着这些闲话,却无一个人回头来注意到身后边的翠翠。

翠翠脸发火烧走到另外一处去,又听有两个人提到这件事。且说:“一切早安排好了,只须要二老一句话。”又说:“只看二老今天那么一股劲儿,就可以猜想得出这劲儿是岸上一个黄花姑娘给他的!”

谁是激动二老的黄花姑娘?

翠翠人矮了些，在人后背已望不见河中情形，只听到擂鼓声渐近渐激越,岸上呐喊声自远而近,便知道二老的船恰恰经过楼下。楼上人也大喊着,杂夹叫着二老的名字，乡绅太太那方面，且有人放小百子鞭炮。忽然又用另外一种惊讶声音喊着，且同时便见许多人出门向河下走去。翠翠不知出了什么事，心中有点迷乱，正不知走回原来座位边去好，还是依然站在人背后好。只见那边正有人拿了个托盘，装了一大盘粽子同细点心，在请乡绅太太小姐用点心，不好意思再过那边去，便想也挤出大门外到河下去看看。从河街一个盐店旁边甬道下河时，正在一排吊脚楼的梁柱间，迎面碰头一群人，拥着那个头包红布的二老来了。原来二老因失足落水，已从水中爬起来了。路太窄了一些，翠翠虽闪过一旁，与迎面来的人仍然得肘子触着肘子。二老一见翠翠就说：

“翠翠，你来了，爷爷也来了吗？”

翠翠脸还发着烧不便作声，心想：“黄狗跑到什么地方去了呢？”

二老又说：

“怎不到我家楼上去看呢？我已要人替你弄了个好位子。”

翠翠心想：“碾坊陪嫁，希奇事情咧。”

二老不能逼迫翠翠回去，到后便各自走开了。翠翠到河下时，小小心腔中充满了一种说不分明的东西。是烦恼吧，不是！是忧愁吧，不是！是快乐吧，不，有什么事情使这个女孩子快乐呢？是生气了吧，——是的，她当真仿佛觉得自己是在生一个人的气，又像是在生自己的气。河边人太多了，码头边浅水中，船桅船篷上，以至于吊脚楼的柱子上，无不挤满了人。翠翠自言自语说：“人那么多，有什么三脚猫好看？”先还以为可以在什么船上发现她的祖父，但各处搜寻了一阵，却无祖父的影子。她挤到水边去，一眼便看到了自己家中那条黄狗，同顺顺家一个长年，正在去岸数丈一只空船上看热闹。翠翠锐声叫喊了两声，黄狗张着耳叶昂头四面一望，便猛的扑下水中，向翠翠方面泅来了。到了身边时狗身上已全是水，把水抖着且跳跃不已，翠翠便说："得了，狗，装什么疯。你又不翻船，谁要你落水呢？"

翠翠同黄狗各处找祖父去，在河街上一个木行前恰好遇着了祖父。

老船夫说："翠翠，我看了个好碾坊，碾盘是新的，水车是新的，屋上稻草也是新的！水坝管着一绺水，急溜溜的，抽水闸板时水车转得如陀螺。"

翠翠带着点做作问："是什么人的？"

"是什么人的？住在山上的员外王团总的。我听人说是那中寨人为女儿作嫁妆的东西，好不阔气，包工就是七百吊大制钱，还不管风车，不管家私！"

"谁讨那个人家的女儿？"

祖父望着翠翠干笑着，"翠翠，大鱼咬你，大鱼咬你。"

翠翠因为对于这件事心中有了个数目，便仍然装着全不明白，只询问祖父："爷爷，谁个人得到那个碾坊？"

"岳云二老！"祖父说了又自言自语的说，"有人羡慕二老得到碾坊，也有人羡慕碾坊得到二老！"

"谁羡慕呢，爷爷？"

"我羡慕。"祖父说着便又笑了。

翠翠说："爷爷，你喝醉了。"

"可是二老还称赞你长得美呢。"

翠翠说："爷爷，你醉疯了。"

祖父说："爷爷不醉不疯……去，我们到河边看他们放鸭子去。可惜我老了，不能下水里去捉只鸭子回家焖姜吃。"他还想说："二老捉得鸭子，一定又会送给我们的。”话不及说，二老来了，站在翠翠面前微笑着。翠翠也微笑着。

于是三个人回到吊脚楼上去。

十一

有人带了礼物到碧溪岨。掌水码头的顺顺，当真请了媒人为儿子向渡船的攀亲戚来了。老船夫慌慌张张把这个人渡过溪口，一同到家里去。翠翠正在屋门前剥豌豆，来了客并不如何注意。但一听到客人进门说“贺喜贺喜”，心中有事，不敢再蹲在屋门边，就装作追赶菜园地的鸡，拿了竹响篙唰唰的摇着，一面口中轻轻喝着，向屋后白塔跑去了。

来人说了些闲话，言归正传转述到顺顺的意见时，老船夫不知如何回答，只是很惊惶的搓着两只茧结的大手，好像这不会真有其事，而且神气中只像在说：“那好的，那妙的，”其实这老头子却不曾说过一句话。

来人把话说完后，就问作祖父的意见怎么样。老船夫笑着把头点着说：“大老想走车路，这个很好。可是我得问问翠翠，看她自己主张怎么样。”来人被打发走后，祖父在船头叫翠翠下河边来说话。

翠翠拿了一簸箕豌豆下到溪边，上了船，娇娇的问她的祖父：“爷爷，你有什么事？”祖父笑着不说什么，只偏着个白发盈颠的头看着翠翠，看了许久。翠翠坐到船头，有点不好意思，低下头去剥豌豆，耳中听着远处竹篁里的黄鸟叫。翠翠想：“日子长咧，爷爷话也长了。”翠翠心轻轻的跳着。

过了一会祖父说："翠翠，翠翠，先前那个人来作什么，你知道不知道？"

翠翠说："我不知道。"说后脸同颈脖全红了。

祖父看看那种情景，明白翠翠的心事了，便把眼睛向远处望去，在空雾里望见了十六年前翠翠的母亲，老船夫心中异常柔和了。轻轻的自言自语说："每一只船总要有个码头，每一只雀儿得有个窠。"他同时想起那个可怜的母亲过去的事情，心中有了一点隐痛，却勉强笑着。

翠翠呢，正从山中黄鸟杜鹃叫声里，以及山谷中伐竹人一下一下的砍伐竹子声音里，想到许多事情。老虎咬人的故事，与人对骂时四句头的山歌，造纸作坊中的方坑，铁工厂熔铁炉里泄出的铁汁……耳朵听来的，眼睛看到的，她似乎都要去温习温习。她所以这样作，又似乎全只为了希望忘掉眼前的一桩事而起。但她实在有点误会了。

祖父说："翠翠，船总顺顺家里请人来作媒，想讨你作媳妇，问我愿不愿。我呢，人老了，再过三年两载会过去的，我没有不愿意的事情。这是你自己的事，你自己想想，自己来说。愿意，就成了；不愿意，也好。"

翠翠不知如何处理这个问题，装作从容，怯怯的望着老祖父。又不便问什么，当然也不好回答。

祖父又说："大老是个有出息的人，为人又正直，又慷慨，你嫁了他，算是命好！"

翠翠弄明白了，人来做媒的是大老！不曾把头抬起，心忡忡的跳着，脸烧得厉害，仍然剥她的豌豆，且随手把空豆荚抛到水中去，望着它们在流水中从从容容的流去，自己也俨然从容了许多。

见翠翠总不作声，祖父于是笑了，且说："翠翠，想几天不碍事。洛阳桥不是一个晚上造得好的,要日子咧。前次那个人来就向我说到这件事,我已经就告过他:车是车路,马是马路,各有规矩。想爸爸作主,请媒人正正经经来说是车路;要自己作主,站到对溪高崖竹林里为你唱三年六个月的歌是马路,——你若欢喜走马路,我相信人家会为你在日头下唱热情的歌,在月光下唱温柔的歌,像只洋鹊一样一直唱到吐血喉咙烂!"

翠翠不作声,心中只想哭,可是也无理由可哭。祖父还是再说下去,便引到死去了的母亲来了。老人话说了一阵,沉默了。翠翠悄悄把头撂过一些,见祖父眼中业已酿了一汪眼泪。翠翠又惊又怕怯生生的说:"爷爷,你怎么的?"祖父不作声,用大手掌擦着眼睛,小孩子似的咕咕笑着,跳上岸跑回家中去了。

翠翠心中乱乱的,想赶去却不赶去。

雨后放晴的天气,日头炙到人肩上背上已有了点儿力量。溪边芦苇水杨柳,菜园中菜蔬,莫不繁荣滋茂,带着一分有野性的生气。草丛里绿色蚱蜢各处飞着,翅膀搏动空气时皆作声。枝头新蝉声音虽不成腔却已渐渐宏大。两山深翠逼人的竹篁中,有黄鸟与竹雀杜鹃交递鸣叫。翠翠感觉着,望着,听着,同时也思索着:

"爷爷今年七十岁……三年六个月的歌——谁送那只白鸭子呢?……得碾子的好运气,碾子得谁更是好运气?……"

痴着,忽地站起,半簸箕豌豆便倾倒到水中去了。伸手把那簸箕从水中捞起时,隔溪有人喊过渡。

十二

翠翠第二天在白塔下菜园地里，第二次被祖父询问到自己主张时，仍然心儿憧憧的跳着，把头低下不作理会，只顾用手去掐葱。祖父笑着，心想："还是等等看，再说下去这一坪葱会全掐掉了。"同时似乎又觉得这其间有点古怪处，不好再说下去，便自己按捺住言语，用一个做作的笑话，把问题引到另外一件事情上去了。

天气渐渐的越来越热了。近六月时，天气热了些，老船夫把一个满是灰尘的黑陶缸子从屋角隅里搬出，自己还匀出些闲工夫，拼了几方木板作成一个圆盖。又锯木头作成一个三脚架子，且削刮了个大竹筒，用葛藤系定，放在缸边作为舀茶的家具。自从这茶缸移到屋门溪边后，每天早上翠翠就烧一大锅开水，倒进那缸子里去。有时缸里加些茶叶，有时却只放下一些用火烧焦的锅巴，乘那东西还燃着时便抛进缸里去。老船夫且照例准备了些发痧肚痛治疱疮疡子的草根木皮，把这些药搁在家中当眼处，一见过渡人神气不对，就忙匆匆的把药取来，善意的勒迫这过路人使用他的药方，且告给人这许多救急丹方的来源（这些丹方自然全是他从城中军医同巫师学来的）。他终日裸着两只膀子，在溪中方头船上站定，头上还常常是光光的，一头短短白发，在日光下如银子。翠翠依然是个快乐人，屋前屋后跑着唱着，不走动时就坐在门前高崖树荫下吹小竹管儿玩。爷爷仿佛把大老提婚的事早已忘掉，翠翠自然也似乎忘掉这件事情了。

可是那做媒的不久又来探口气了，依然同从前一样，祖父把事情成否全推到翠翠身上去，打发了媒人上路。回头又同翠翠谈了一次，也依然不得结果。

老船夫猜不透这事情在这什么方面有个疙瘩，解除不去，夜里躺在床上便常常陷入一种沉思里去，隐隐约约体会到一件事情——翠翠爱二老不爱大老，再想下去便是……想到了这里时，他笑了，为了害怕而勉强笑了。其实他有点忧愁，因为他忽然觉得翠翠一切全像那个母亲，而且隐隐约约便感觉到这母女二人共通的命运。一堆过去的事情蜂拥而来，不能再睡下去了，一个人便跑出门外，到那临溪高崖上去，望天上的星辰，听河边纺织娘以及一切虫类如雨的声音，许久许久还不睡觉。

这件事翠翠自然是注意不及的，这小女孩子日子里尽管玩着，工作着，也同时为一些很神秘的东西驰骋她那颗小小的心，但一到夜里，却甜甜的睡眠了。

不过一切皆得在一份时间中变化。这一家安静平凡的生活，也因了一堆接连而来的日子，在人事上把那安静空气完全打破了。

船总顺顺家中一方面，则天保大老的事已被二老知道了，傩送二老同时也让他哥哥知道了弟弟的心事。这一对难兄难弟原来同时都爱上了那个撑渡船的外孙女。这事情在本地人说来并不希奇，边地俗话说："火是各处可烧的，水是各处可流的，日月是各处可照的，爱情是各处可到的。"有钱船总儿子，爱上一个弄渡船的穷人家女儿，不能成为希罕的新闻，有一点困难处，只是这两兄弟到了谁应取得这个女人作媳妇时，是不是也还得照茶峒人规矩，来一次流血的挣扎？

兄弟两人在这方面是不至于动刀的，但也不作兴有“情人奉让”，如大都市懦怯男子爱与仇对面时作出的可笑行为。

那哥哥同弟弟在河上游一个造船的地方，看他家中那一只新船，在新船旁把一切心事全告给了弟弟，且附带说明，这点念头还是两年前植下根基的。弟弟微笑着，把话听下去。两人从造船处沿了河岸又走到王乡绅新碾坊去，那大哥就说：

“二老，你运气倒好，作了王团总女婿，有座碾坊；我呢，若把事情弄好了，我应当接那个老的手来划渡船了。我欢喜这个事情，我还想把碧溪岨两个山头买过来，在界线上种一片大南竹，围着这一条小溪作为我的砦子！”

那二老仍然默默的听着，把手中拿的一把弯月形镰刀随意斫削路旁的草木，到了碾坊时，却站住了向他哥哥说：

“大老，你信不信这女子心上早已有了个人？”

“我不信。”

“大老，你信不信这碾坊将来归我？”

“我不信。”

两人于是进了碾坊。

二老又说：“你不必——大老，我再问你，假若我不想得这座碾坊，却打量要那只渡船，而且这念头也是两年前的事，你信不信呢？”

那大哥听来真着了一惊，望了一下坐在碾盘横轴上的傩送二老，知道二老不是说谎，于是站近了一点，伸手在二老肩上打了一下，且想把二老拉下来。他明白了这件事，他笑了。他说："我相信的，你说的全是真话！"

二老把眼睛望着他的哥哥，很诚实的说：

"大老，相信我，这是真事。我早就那么打算到了。家中不答应，那边若答应了，我当真预备去弄渡船的！——你告我，你呢？"

"爸爸已听了我的话，为我要城里的杨马兵做保山，向划渡船说亲去了！"大老说到这个求亲手续时，好像知道二老要笑他，又解释要保山去的用意，"只是因为老的说车有车路，马有马路，我就走了车路。"

"结果呢？"

"得不到什么结果。老的口上含李子，说不明白。"

"马路呢？"

"马路呢，那老的说若走马路，得在碧溪岨对溪高崖上唱三年六个月的歌。把翠翠心子唱软，翠翠就归我了。"

"这并不是个坏主张！"

"是呀，一个结巴人话说不出还唱得出。可是这件事轮不到我了。我不是竹雀，不会唱歌。鬼知道那老人家存心是要把孙女儿嫁个会唱歌的水车，还是预备规规矩矩嫁个人！"

"那你怎么样？"

"我想告那老的，要他说句实在话。只一句话。不成，我跟船下桃源去了；成呢，便是要我撑渡船，我也答应了他。"

"唱歌呢？"

"二老，这是你的拿手好戏，你要去做竹雀你就赶快去吧，我不会捡马粪塞你嘴巴的。”

二老看到哥哥那种样子，便知道为这件事哥哥感到的是一种如何烦恼了。他明白他哥哥的性情，代表了茶峒人粗卤爽直一面，弄得好，掏出心子来给人也很慷慨作去，弄不好，亲舅舅也必一是一二是二。大老何尝不想在车路上失败时走马路；但他一听到二老的坦白陈述后，他就知道马路只二老有分，他自己的事不能提了。因此他有点气恼，有点愤慨，自然是无从掩饰的。

二老想出了个主意，就是两兄弟月夜里同到碧溪岨去唱歌，莫让人知道是弟兄两个，两人轮流唱下去，谁得到回答，谁便继续用那张唱歌胜利的嘴唇，服侍那划渡船的外孙女。大老不善于唱歌，轮到大老时也仍然由二老代替。两人凭命运来决定自己的幸福，这么办可说是极公平了。提议时，那大老还以为他自己不会唱，也不想请二老替他作竹雀。但二老那种诗人性格，却使他很固执的要哥哥实行这个办法。二老说必须这样作，一切才公平一点。

大老把弟弟提议想想，作了一个苦笑。“×娘的，自己不是竹雀，还请老弟做竹雀！好，就是这样子，我们各人轮流唱，我也不要你帮忙，一切我自己来吧。树林子里的猫头鹰，声音不动听，要老婆时，也仍然是自己叫下去，不请人帮忙的！”

两人把事情说妥当后，算算日子，今天十四，明天十五，后天十六，接连而来的三个日子，正是有大月亮天气。气候既到了中夏，半夜里不冷不热，穿了白家机布汗褂，到那些月光照及的高崖上去，遵照当地的习惯，很诚实与坦白去为一个“初生之犊”的黄花女唱歌。露水降了，歌声涩了，到应当回家了时，就趁残月赶回家去。或过那些熟识的整夜工作不息的碾坊里去，躺到温暖的谷仓里小睡，等候天明。一切安排皆极其自然，结果是什么，两人虽不明白,但也看得极其自然。两人便决定了从当夜起始,来作这种为当地习惯所认可的竞争。

十三

黄昏来时翠翠坐在家中屋后白塔下，看天空被夕阳烘成桃花色的薄云。十四中寨逢场，城中生意人过中寨收买山货的很多，过渡人也特别多，祖父在溪中渡船上忙个不息。天快夜了，别的雀子似乎都要休息了，只杜鹃叫个不息。石头泥土为白日晒了一整天，草木为白日晒了一整天，到这时节皆放散一种热气。空气中有泥土气味，有草木气味，且有甲虫类气味。翠翠看着天上的红云，听着渡口飘乡生意人的杂乱声音，心中有些儿薄薄的凄凉。

黄昏照样的温柔，美丽和平静。但一个人若体念到这个当前一切时，也就照样的在这黄昏中会有点儿薄薄的凄凉。于是，这日子成为痛苦的东西了。翠翠觉得好像缺少了什么。好像眼见到这个日子过去了，想要在一件新的人事上攀住它，但不成。好像生活太平凡了，忍受不住。

"我要坐船下桃源县过洞庭湖，让爷爷满城打锣去叫我，点了灯笼火把去找我。"

她便同祖父故意生气似的，很放肆的去想到这样一件不可能事情，她且想象她出走后，祖父用各种方法寻觅她全无结果，到后如何躺在渡船上。

人家喊"过渡，过渡，老伯伯，你怎么的，不管事！""怎么的！翠翠走了，下桃源县了！”“那你怎么办？”“那怎么办吗？拿把刀，放在包袱里，搭下水船去杀了她！”……

翠翠仿佛当真听着这种对话，吓怕起来了，一面锐声喊着她的祖父，一面从坎上跑向溪边渡口去。见到了祖父正把船拉在溪中心，船上人喁喁说着话，小小心子还依然跳跃不已。

“爷爷，爷爷，你把船拉回来呀！”

那老船夫不明白她的意思，还以为是翠翠要为他代劳了，就说：

“翠翠，等一等，我就回来！”

“你不拉回来了吗？”

“我就回来！”

翠翠坐在溪边，望着溪面为暮色所笼罩的一切，且望到那只渡船上一群过渡人，其中有个吸旱烟的打着火镰吸烟，把烟杆在船边剥剥的敲着烟灰，就忽然哭起来了。

祖父把船拉回来时，见翠翠痴痴的坐在岸边，问她是什么事，翠翠不作声。祖父要她去烧火煮饭，想了一会儿，觉得自己哭得可笑，一个人便回到屋中去，坐在黑黝黝的灶边把火烧燃后，她又走到门外高崖上去，喊叫她的祖父，要他回家里来。在职务上毫不儿戏的老船夫，因为明白过渡人皆是赶回城中吃晚饭的人，来一个就渡一个，不便要人站在那岸边呆等，故不上岸来。只站在船头告翠翠，不要叫他且让他做点事，把人渡完事后，就回家里来吃饭。

翠翠第二次请求祖父，祖父不理会，她坐在悬崖上，很觉得悲伤。

天夜了，有一匹大萤火虫尾上闪着蓝光，很迅速的从翠翠身旁飞过去，翠翠想，“看你飞得多远！”便把眼睛随着那萤火虫的明光追去。杜鹃又叫了。

“爷爷，为什么不上来？我要你！”

在船上的祖父听到这种带着娇有点儿埋怨的声音，一面粗声粗气的答道：“翠翠，我就来，我就来！”一面心中却自言自语：“翠翠，爷爷不在了，你将怎么样？”

老船夫回到家中时，见家中还黑黝黝的，只灶间有火光，见翠翠坐在灶边矮条凳上，用手蒙着眼睛。

走过去才晓得翠翠已哭了许久。祖父一个下半天来，皆弯着个腰在船上拉来拉去，歇歇时手也酸了，腰也酸了，照规矩，一到家里就会嗅到锅中所焖瓜菜的味道，且可看见翠翠安排晚饭在灯光下跑来跑去的影子。今天情形竟不同了一点。

祖父说：“翠翠，我来慢了，你就哭，这还成吗？我死了呢？”

翠翠不作声。

祖父又说：“不许哭，做一个大人，不管有什么事都不许哭。要硬扎一点，结实一点，方配活到这块土地上！”

翠翠把手从眼睛边移开，靠近了祖父身边去，“我不哭了。”

两人作饭时，祖父为翠翠述说起一些有趣味的故事。因此提到了死去了的翠翠的母亲。两人在豆油灯下把饭吃过后，老船夫因为工作疲倦，喝了半碗白酒，因此饭后兴致极好，又同翠翠到门外高崖上月光下去说故事。说了些那个可怜母亲的乖巧处，同时且说到那可怜母亲性格强硬处，使翠翠听来神往倾心。

翠翠抱膝坐在月光下，傍着祖父身边，问了许多关于那个可怜母亲的故事。间或吁一口气，似乎心中压上了些分量沉重的东西，想挪移得远一点，才吁着这种气，可是却无从把那种东西挪开。

月光如银子，无处不可照及，山上篁竹在月光下皆成为黑色。身边草丛中虫声繁密如落雨。间或不知道从什么地方，忽然会有一只草莺"嘘！"啭着她的喉咙，不久之间，这小鸟儿又好像明白这是半夜，不应当那么吵闹，便仍然闭着那小小眼儿安睡了。

祖父夜来兴致很好，为翠翠把故事说下去，就提到了本城人二十年前唱歌的风气，如何驰名于川黔边地。翠翠的父亲，便是当地唱歌的第一手，能用各种比喻解释爱与憎的结子，这些事也说到了。翠翠母亲如何爱唱歌，且如何同父亲在未认识以前在白日里对歌，一个在半山上竹篁里砍竹子，一个在溪面渡船上拉船，这些事也说到了。

翠翠问："后来怎么样？"

祖父说："后来的事当然长得很，最重要的事情，就是这种歌唱出了你。"

十四

老船夫做事累了睡了,翠翠哭倦了也睡了。翠翠不能忘记祖父所说的事情,梦中灵魂为一种美妙歌声浮起来了,仿佛轻轻的各处飘着,上了白塔,下了菜园,到了船上,又复飞窜过悬崖半腰——去作什么呢?摘虎耳草!白日里拉船时,她仰头望着崖上那些肥大虎耳草已极熟习。崖壁三五丈高,平时攀折不到手,这时节却可以选顶大的叶子作伞。

一切皆像是祖父说的故事,翠翠只迷迷胡胡的躺在粗麻布帐子里草荐上,以为这梦做得顶美顶甜。祖父却在床上醒着,张起个耳朵听对溪高崖上的人唱了半夜的歌。他知道那是谁唱的,他知道是河街上天保大老走马路的第一著,因此又忧愁又快乐的听下去。翠翠因为日里哭倦了,睡得正好,他就不去惊动她。

第二天天一亮,翠翠同祖父起身了,用溪水洗了脸,把早上说梦的忌讳去掉了,翠翠赶忙同祖父去说昨晚上所梦的事情。

"爷爷,你说唱歌,我昨天就在梦里听到一种顶好听的歌声,又软又缠绵,我像跟了这声音各处飞,飞到对溪悬崖半腰,摘了一大把虎耳草,得到了虎耳草,我可不知道把这个东西交给谁去了。我睡得真好,梦的真有趣!"

祖父温和悲悯的笑着，并不告给翠翠昨晚上的事实。

祖父心里想："做梦一辈子更好，还有人在梦里作宰相咧。"

昨晚上唱歌的，老船夫还以为是天保大老，日来便要翠翠守船，借故到城里去送药，探探情形。在河街见到了大老，就一把拉住那小伙子，很快乐的说：

"大老，你这个人，又走车路又走马路，是怎样一个狡猾东西！"

但老船夫却作错了一件事情，把昨晚唱歌人"张冠李戴"了。这两弟兄昨晚上同时到碧溪岨去，为了作哥哥的走车路占了先，无论如何也不肯先开腔唱歌，一定得让那弟弟先唱。弟弟一开口，哥哥却因为明知不是敌手，更不能开口了。翠翠同她祖父晚上听到的歌声，便全是那个傩送二老所唱的。大老伴弟弟回家时，就决定了同茶峒地方离开，驾家中那只新油船下驶，好忘却了上面的一切。这时正想下河去看新油船装货。老船夫见他神情冷冷的，不明白他的意思，就用眉眼做了一个可笑的记号，表示他明白大老的冷淡处是装成的，表示他有消息可以奉告。

他拍了大老一下，翘起一个大拇指，轻轻的说：

"你唱得很好，别人在梦里听着你那个歌，为那个歌带得很远，走了不少的路！你是第一号，是我们地方唱歌第一号。"

大老望着弄渡船的老船夫涎皮的老脸，轻轻的说：

"算了吧，你把宝贝孙女儿送给会唱歌的竹雀吧。"

这句话使老船夫完全弄不明白它的意思。大老从一个吊脚楼甬道走下河去了，老船夫也跟着下去。到了河边，见那只新船正在装货，许多油篓子搁在河岸边。一个水手正在用茅草扎成长束，备作船舷上挡浪用的茅把。还有人坐在河边石头上,用脂油擦抹桨板。老船夫问那个坐在大太阳下扎茅把的水手,这船什么日子下行,谁押船。那水手把手指着大老。老船夫搓着手说:

"大老,听我说句正经话,你那件事走车路,不对;走马路,你有分的!"

那大老把手指着窗口说:"伯伯,你看那边,你要竹雀做孙女婿,竹雀在那里啊!"

老船夫抬头望见二老,正在窗口整理一个渔网。

回碧溪岨到渡船上时,翠翠问:

"爷爷,你同谁吵了架,面色那样难看!"

祖父莞尔而笑,他到城里的事情,不告给翠翠一个字。

十五

大老坐了那只新油船向下河走去了，留下傩送二老在家。老船夫方面还以为上次歌声既归二老唱的，在此后几个日子里，自然还会听到那种歌声。一到了晚间就故意从别样事情上，促翠翠注意夜晚的歌声。两人吃完饭坐在屋里，因屋前滨水，长脚蚊子一到黄昏就嗡嗡的叫着，翠翠便把蒿艾束成的烟包点燃，向屋中角隅各处晃着驱逐蚊子。晃了一阵，估计全屋子里已为蒿艾烟气熏透了，方把烟包搁到床前地上去，再坐在小板凳上来听祖父说话。从一些故事上慢慢的谈到了唱歌，祖父话说得很妙。祖父到后发问道：

"翠翠，梦里的歌可以使你爬上高崖去摘虎耳草，若当真有谁来在对溪高崖上为你唱歌，你预备怎么样？"祖父把话当笑话说着的。

翠翠便也当笑话答道："有人唱歌我就听下去，他唱多久我也听多久！"

"唱三年六个月呢？"

"唱得好听，我听三年六个月。"

"这不大公平吧。"

"怎么不公平？为我唱歌的人，不是极愿意我长远听他唱歌吗？"

"照理说：炒菜要人吃，唱歌要人听。可是人家为你唱，是要你懂他歌里的意思!”

“爷爷,懂歌里什么意思?”

“自然是他那颗想同你要好的真心!不懂那点心事,不是同听竹雀唱歌一样吗?”

“我懂了他的心又怎么样?”

祖父用拳头把自己腿重重的捶着,且笑着:“翠翠,你人乖,爷爷笨得很,话也说得不温柔,莫生气。我信口开河,说个笑话给你听。你应当当笑话听。河街天保大老走车路,请保山来提亲,我告给过你这件事了,你那神气不愿意,是不是?可是,假若那个人还有个兄弟,走马路,为你来唱歌,向你攀交情,你将怎么说?”

翠翠吃了一惊,低下头去。因为她不明白这笑话究竟有几分真,又不清楚这笑话是谁诌的。

祖父说:“你告诉我,愿意哪一个?”

翠翠便勉强笑着轻轻的带点儿恳求的神气说:

“爷爷莫说这个笑话吧。”翠翠站起身了。

“我说的若是真话呢?”

“爷爷你真是个……”翠翠说着走出去了。

祖父说:“我说的是笑话,你生我的气吗?”

翠翠不敢生祖父的气,走近门限边时,就把话引到另外一件事情上去:“爷爷看天上的月亮,那么大!”说着,出了屋外,便在那一派清光的露天中站定。站了一忽儿,祖父也从屋中出到外边来了。翠翠于是坐到那白日里为强烈阳光晒热的岩石上去,石头正散发日间所储的余热。祖父就说:“翠翠,莫坐热石头，免得生坐板疮。”但自己用手摸摸后，自己也坐到那岩石上了。

月光极其柔和，溪面浮着一层薄薄白雾，这时节对溪若有人唱歌，隔溪应和，实在太美丽了。翠翠还记着先前祖父说的笑话。耳朵又不聋，祖父的话说得极分明，一个兄弟走马路，唱歌来打发这样的晚上，算是怎么一回事？她似乎为了等着这样的歌声，沉默了许久。

她在月光下坐了一阵，心里却当真愿意听一个人来唱歌。久之，对溪除了一片草虫的清音复奏以外别无所有。翠翠走回家里去，在房门边摸着了那个芦管，拿出来在月光下自己吹着。觉吹得不好，又递给祖父要祖父吹。老船夫把那个芦管竖在嘴边，吹了个长长的曲子，翠翠的心被吹柔软了。

翠翠依傍祖父坐着，问祖父：

“爷爷，谁是第一个做这个小管子的人？”

“一定是个最快乐的人作的，因为他分给人的也是许多快乐；可又像是个最不快乐的人作的，因为他同时也可以引起人不快乐！”

“爷爷，你不快乐了吗？生我的气了吗？”

“我不生你的气。你在我身边，我很快乐。”

“我万一跑了呢？”

“你不会离开爷爷的。”

“万一有这种事，爷爷你怎么样？”

“万一有这种事，我就驾了这只渡船去找你。”

翠翠嗤的笑了。“凤滩茨滩不为凶，下面还有绕鸡笼；绕鸡笼也容易下，青浪滩浪如屋大。爷爷，你渡船也能下凤滩、茨滩、青浪滩吗？那些地方的水，你不说过全是像疯子，毫不讲道理？”

祖父说:“翠翠,我到那时可真像疯子,还怕大水大浪?”

翠翠俨然极认真的想了一下,就说:“爷爷,我一定不走。可是,你会不会走?你会不会被一个人抓到别处去?”

祖父不作声了,他想到不犯王法不怕官,只有被死亡抓走那一类事情。

老船夫打量着自己被死亡抓走以后的情形,痴痴的看望天南角上一颗星子,心想:“七月八月天上方有流星,人也会在七月八月死去吧?”又想起白日在河街上同大老谈话的经过,想起中寨人陪嫁的那座碾坊,想起二老,想起一大堆事情,心中有点儿乱。

翠翠忽然说:“爷爷,你唱个歌给我听听,好不好?”

祖父唱了十个歌,翠翠傍在祖父身边,闭着眼睛听下去,等到祖父不作声时,翠翠自言自语说:“我又摘了一把虎耳草了。”

祖父所唱的歌,便是那晚上听来的歌。

十六

二老有机会唱歌却从此不再到碧溪岨唱歌。十五过去了，十六也过去了，到了十七，老船夫忍不住了，进城往河街去找寻那个年青小伙子，到城门边正预备入河街时，就遇着上次为大老作保山的杨马兵，正牵了一匹骡马预备出城，一见老船夫，就拉住了他：

“伯伯，我正有事情告你，碰巧你就来城里！”

“什么事？”

“天保大老坐下水船到茨滩出了事，闪不知这个人掉到滩下漩水里就淹坏了。早上顺顺家里得到这个信息，听说二老一早就赶去了。”

这个不吉消息同有力巴掌一样，重重的掴了老船夫那么一下，他不相信这是当真的消息。他故作从容的说：

“天保大老淹坏了吗？从不闻有水鸭子被水淹坏的！”

“可是那只水鸭子仍然有那么一次被淹坏了……我赞成你的卓见，不让那小子走车路十分顺手。”

从马兵言语上，老船夫还十分怀疑这个新闻，但从马兵神气上注意，老船夫却看清楚这是个真的消息了。他惨惨的说：

“我有什么卓见可说?这是天意!一切都有天意……”老船夫说时心中充满了感情。

特为证明那马兵所说的话有多少可靠处,老船夫同马兵分手后,于是匆匆赶到河街上去。到了顺顺家门前,正有人烧纸钱,许多人围在一处说话。搀加进去听听,所说的便是杨马兵提到的那件事。但一到有人发现了身后的老船夫时,大家便把话语转了方向,故意来谈下河油价涨落情形了。老船夫心中很不安,正想找一个比较要好的水手谈谈。

一会儿船总顺顺从外面回来了,样子沉沉的,这豪爽正直的中年人,正似乎为不幸打倒,努力想挣扎爬起的神气,一见到老船夫就说:

“老伯伯,我们谈的那件事情吹了吧。天保大老已经坏了,你知道了吧?”

老船夫两只眼睛红红的,把手搓着:“怎么的,这是真事!这不会是真事!是昨天,是前天?”

另一个像是赶路,回来报信的,插嘴说道:“十六中上,船搁到石包子上,船头进了水,大老想把篙撇着,人就弹到水中去了。”

老船夫说:“你眼见他下水吗?”

“我还与他同时下水!”

“他说什么?”

“什么都来不及说!这几天来他都不说话!”

老船夫把头摇摇,向顺顺那么怯怯的溜了一眼。船总顺顺像知道他的心中不安处,就说:“伯伯,一切是天,算了吧。我这里有大兴场人送来的好烧酒,你拿一点去喝罢。”一个伙计用竹筒上了一筒酒,用新桐木叶蒙着筒口,交给了老船夫。

老船夫把酒拿走,到了河街后,低头向河码头走去,到河边天保大前天上船处去看看。杨马兵还在那里放马到沙地上打滚，自己坐在柳树荫下乘凉。老船夫就走过去请马兵试试那大兴场的烧酒,两人喝了点酒后,兴致似乎好些了,老船夫就告给杨马兵,十四夜里二老两兄弟过碧溪岨唱歌那件事情。

那马兵听到后便说:

“伯伯,你是不是以为翠翠愿意二老,应该派归二老……”

话不说完,傩送二老却从河街下来了。这年青人正像要远行的样子,一见了老船夫就回头走去。杨马兵喊他说:

“二老,二老,你来,有话同你说呀!”

二老站定了,很不高兴神气,问马兵“有什么话说”。马兵望望老船夫,就向二老说:“你来,有话说!”

“什么话?”

“我听人说你已经走了——你过来我同你说,我不会吃掉你!你什么时候走?”

那黑脸宽肩膊,样子虎虎有生气的傩送二老,勉强似的笑着,到了柳荫下时,老船夫想把空气缓和下来,指着河上游远处那座新碾坊说:“二老,听人说那碾坊将来是归你的!归了你,派我来守碾子,行不行?”

二老仿佛听不惯这个询问的用意,便不作声。杨马兵看风头有点儿僵,便说:“二老,你怎么的,预备下去吗?”那年青人把头点点,不再说什么,就走开了。

老船夫讨了个没趣,很懊恼的赶回碧溪岨去,到了渡船上时,就装作把

事情看得极随便似的,告给翠翠:

“翠翠,今天城里出了件新鲜事情,天保大老驾油船下辰州,运气不好,掉到茨滩淹坏了。”

翠翠因为听不懂,对于这个报告最先好像全不在意。祖父又说:

“翠翠,这是真事。上次来到这里做保山的那个杨马兵,还说我早不答应亲事,极有见识!”

翠翠瞥了祖父一眼,见他眼睛红红的,知道他喝了酒,且有了点事情不高兴,心中想:“谁撩你生气?”船到家边时,祖父不自然的笑着向家中走去。翠翠守船,半天不闻祖父声息,赶回家去看看,见祖父正坐在门槛上编草鞋耳子。

翠翠见祖父神气极不对,就蹲到他身前去。

“爷爷,你怎么的?”

“天保当真死了!二老生了我们的气,以为他家中出这件事情,是我们分派的!”

有人在溪边大喊渡船过渡,祖父匆匆出去了。翠翠坐在那屋角隅稻草上,心中极乱,等等还不见祖父回来,就哭起来了。

十七

祖父似乎生谁的气，脸上笑容减少了，对于翠翠方面也不大注意了。翠翠像知道祖父已不很疼她，但又像不明白它的真正原因。但这并不是很久的事，日子一过去，也就好了。两人仍然划船过日子，一切依旧，惟对于生活，却仿佛什么地方有了个看不见的缺口，始终无法填补起来。祖父过河街去仍然可以得到船总顺顺的款待，但很明显的事，那船总却并不忘掉死去者死亡的原因。二老出白河下辰州走了六百里，沿河找寻那个可怜哥哥的尸骸，毫无结果，在各处税关上贴下招字，返回茶峒来了。过不久，他又过川东去办货，过渡时见到老船夫。老船夫看看那小伙子，好像已完全忘掉了从前的事情，就同他说话。

“二老，大六月日头毒人，你又上川东去，不怕辛苦？”

“要饭吃，头上是火也得上路！”

“要吃饭！二老家还少饭吃！”

“有饭吃，爹爹说年青人也不应该在家中白吃不作事！”

“你爹爹好吗？”

“吃得做得，有什么不好。”

“你哥哥坏了,我看你爹爹为这件事情也好像萎悴多了!”

二老听到这句话,不作声了,眼睛望着老船夫屋后那个白塔。他似乎想起了过去那个晚上,那件旧事,心中十分惆怅。

老船夫怯怯的望了年青人一眼,一个微笑在脸上漾开。

“二老,我家里翠翠说,五月里有天晚上,做了个梦……”说时他又望望二老,见二老并不惊讶,也不厌烦,于是又接着说:“她梦的古怪,说在梦中被一个人的歌声浮起来,上对溪悬岩摘了一把虎耳草!”

二老把头偏过一旁去作了一个苦笑,心中想到“老头子倒会做作”。这点意思在那个苦笑上,仿佛同样泄露出来,仍然被老船夫看到了,老船夫显得有点慌张,就说:“二老,你不信吗?”

那年青人说:“我怎么不相信? 因为我做傻子在那边岩上唱过一晚的歌!”

老船夫被一句料想不到的老实话窘住了, 口中结结巴巴的说:“这是真的……这是假的……”

“怎不是真的?天保大老的死,难道不是真的!”

“可是,可是……”

老船夫的做作处,原意只是想把事情弄明白一点,但一起始自己叙述这段事情时,方法上就有了错处,故反被二老误会了。他这时正想把那夜的情形好好说出来,船已到了岸边。二老一跃上了岸,就想走去。老船夫在船上显得更加忙乱的样子说:

“二老,二老,你等等,我有话同你说,你先前不是说到那个——你做傻子的事情吗?你并不傻,别人才当真叫你那歌弄成傻相!”

那年青人虽站定了，口中却轻轻的说：“得了够了，不要说了。”

老船夫说：“二老，我听说你不要碾子要渡船，这是杨马兵说的，不是真的吧？”

那年青人说：“要渡船又怎样？”

老船夫看看二老的神气，心中忽然高兴起来了，就情不自禁的高声叫着翠翠，要她下溪边来。可是事不凑巧，不知翠翠是故意不从屋里出来，还是到别处去了，许久还不见到翠翠的影子，也不闻这个女孩子的声音。二老等了一会，看看老船夫那副神气，一句话不说，便微笑着，大踏步同一个挑担粉条白糖货物的脚夫走去了。

过了碧溪岨小山，两人应沿着一条曲曲折折的竹林走去，那个脚夫这时节开了口：

“傩送二老，我看那弄渡船的神气，很欢喜你！”

二老不作声，那人就又说道：

“二老，他问你要碾坊还是要渡船，你当真预备作他的孙女婿，接替他那只破渡船吗？”

二老笑了，那人又说：

“二老，若这件事派给我，我要那座碾坊。一座碾坊的出息，每天可收七升米，三斗糠。”

二老说：“我回来时向我爹爹去说，为你向中寨人做媒，让你得到那座碾坊吧。至于我呢，我想弄渡船是很好的。只是老的为人弯弯曲曲，不利索，大老是他弄死的。”

老船夫见二老那么走去了，翠翠还不出来，心中很不快乐。走回家中看看，原来翠翠并不在家。过一会，翠翠提了个篮子从小山后回来了，方知道大清早翠翠已出门掘竹鞭笋去了。

“翠翠，我喊了你好久，你不听到！”

“喊我做什么？”

“一个人过渡……一个熟人，我们谈起你……我喊你你可不答应！”

“是谁？”

“你猜，翠翠。不是陌生人……你认识他！”

翠翠想起适间从竹林里无意中听来的话，脸红了，半天不说话。

老船夫问：“翠翠，你得了多少鞭笋？”

翠翠把竹篮向地下一倒，除了十来根小小鞭笋外，只是一大把虎耳草。

老船夫望了翠翠一眼，翠翠两颊绯红跑了。

十八

日子平平的过了一个月，一切人心上的病痛，似乎皆在那份长长的白日下医治好了。天气特别热，各人皆只忙着流汗，用凉水淘江米酒吃，不用什么心事，心事在人生活中，也就留不住了。翠翠每天皆到白塔下背太阳的一面去午睡，高处既极凉快，两山竹篁里叫得使人发松的竹雀和其他鸟类又如此之多，致使她在睡梦里尽为山鸟歌声所浮着，做的梦便常是顶荒唐的梦。

这不是人生罪过。诗人们会在一件小事上写出一整本整部的诗，雕刻家在一块石头上雕得出的骨血如生的人像，画家一撇儿绿，一撇儿红，一撇儿灰，画得出一幅一幅带有魔力的彩画，谁不是为了惦着一个微笑的影子，或是一个皱眉的记号，方弄出那么些古怪成绩？翠翠不能用文字，不能用石头，不能用颜色，把那点心头上的爱憎移到别一件东西上去，却只让她的心，在一切顶荒唐事情上驰骋。她从这分隐秘里，便常常得到又惊又喜的兴奋。一点儿不可知的未来，摇撼她的情感极厉害，她无从完全把那种痴处不让祖父知道。

祖父呢，可以说一切都知道了的。但事实上他又却是个一无所知的人。他明白翠翠不讨厌那个二老，却不明白那小伙子二老近来怎么样。他从船总处与二老处，皆碰过了钉子，但他并不灰心。

“要安排得对一点，方合道理，一切有个命！”他那么想着，就更显得好事多磨起来了。睁着眼睛时，他做的梦比那个外孙女翠翠便更荒唐更寥阔。

他向各个过渡本地人打听二老父子的生活，关切他们如同自己家中人一样。但也古怪，因此他却怕见到那个船总同二老了。一见他们他就不知说些什么，只是老脾气把两只手搓来搓去，从容处完全失去了。二老父子方面皆明白他的意思，但那个死去的人，却用一个凄凉的印象，镶嵌到父子心中，两人便对于老船夫的意思，俨然全不明白似的，一同把日子打发下去。

明明白白夜来并不作梦，早晨同翠翠说话时，那作祖父的会说：

“翠翠，翠翠，我昨晚上做了个好不怕人的梦！”

翠翠问：“什么怕人的梦？”

就装作思索梦境似的，一面细看翠翠小脸长眉毛，一面说出他另一时张着眼睛所做的好梦。不消说，那些梦原来都并不是当真怎样使人吓怕的。

一切河流皆得归海，话起始说得纵极远，到头来总仍然是归到使翠翠红脸那件事情上去。待到翠翠显得不大高兴，神气上露出受了点小窘时，这老船夫又才像有了一点儿吓怕，忙着解释，用闲话来遮掩自己所说到那问题的原意。

“翠翠，我不是那么说，我不是那么说。爷爷老了，糊涂了，笑话多咧。”

但有时翠翠却静静的把祖父那些笑话糊涂话听下去，一直听到后来还抿着嘴儿微笑。

翠翠也会忽然说道：

“爷爷，你真是有一点儿糊涂！”

祖父听过了不再作声，他将说“我有一大堆心事”，但来不及说，恰好就被过渡人喊走了。

天气热了，过渡人从远处走来，肩上挑得是七十斤担子，到了溪边，贪凉快不即走路，必蹲在岩石下茶缸边喝凉茶，与同伴交换“吹吹棒”烟管，且一面与弄渡船的攀谈。许多天上地下子虚乌有的话皆从此说出口来，给老船夫听到了。过渡人有时还因溪水清洁，就溪边洗脚抹澡的，坐得更久话也就更多。祖父把些话转说给翠翠，翠翠也就学懂了许多事情。货物的价钱涨落呀，坐轿搭船的用费呀，放木筏的人把他那个木筏从滩上流下时，十来把大招子如何活动呀，在小烟船上吃荤烟，大脚婆娘如何烧烟呀……无一不备。

傩送二老从川东押物回到了茶峒。时间已近黄昏了，溪面很寂静，祖父同翠翠在菜园地里看萝卜秧子。翠翠白日中觉睡久了些，觉得有点寂寞，好像听人嘶声喊过渡，就争先走下溪边去。下坎时，见两个人站在码头边，斜阳影里背身看得极分明，正是傩送二老同他家中的长年！翠翠大吃一惊，同小兽物见到猎人一样，回头便向山竹林里跑掉了。但那两个在溪边的人，听到脚步响时，一转身，也就看明白这件事情了。等了一下再也不见人来，那长年又嘶声音喊叫过渡。

老船夫听得清清楚楚，却仍然蹲在萝卜秧地上数菜，心里觉得好笑。他已见到翠翠走去，他知道必是翠翠看明白了过渡人是谁，故意蹲在那高岩上不理会。翠翠人小不管事，过渡人求她不干，奈何她不得，故只好嘶着个喉咙叫过渡了。那长年叫了几声，见无人来，就停了，同二老说：“这是什么玩意儿，难道老的害病弄翻了，只剩下翠翠一个人了吗？”二老说：“等等看，不算什么！”就等了一阵。因为这边在静静的等着，园地上老船夫却在心里说：“难道是二老吗?”他仿佛担心搅恼了翠翠似的,就仍然蹲着不动。

但再过一阵,溪边又喊起过渡来了,声音不同了一点,这才真是二老的声音。生气了吧?等久了吧?吵嘴了吧?老船夫一面胡乱估着,一面连奔带窜跑到溪边去。到了溪边,见两个人业已上了船,其中之一正是二老。老船夫惊讶的喊叫:

“呀,二老,你回来了!”

年青人很不高兴似的,“回来了,——你们这渡船是怎么的,等了半天也不来个人!”

“我以为——”老船夫四处一望,并不见翠翠的影子,只见黄狗从山上竹林里跑来,知道翠翠上山了,便改口说:“我以为你们过了渡。”

“过了渡!不得你上船,谁敢开船?”那长年说着,一只水鸟掠着水面飞去,“翠鸟儿归窠了,我们还得赶回家去吃夜饭!”

“早咧,到河街早咧,”说着,老船夫已跳上了船,且在心中一面说着,“你不是想承继这只渡船吗!”一面把船索拉动,船便离岸了。

“二老,路上累得很!……”

老船夫说着,二老不置可否不动感情听下去。船拢了岸,那年青小伙子同家中长年话也不说挑担子翻山走了。那点淡漠印象留在老船夫心上,老船夫于是在两个人身后,捏紧拳头威吓了三下,轻轻的吼着,把船拉回去了。

十九

翠翠向竹林里跑去，老船夫半天还不下船，这件事从傩送二老看来，前途显然有点不利。虽老船夫言词之间，无一句话不在说明“这事有边”，但那畏畏缩缩的说明，极不得体，二老想起他的哥哥，便把这件事曲解了。他有一点愤愤不平，有一点儿气恼。回到家里第三天，中寨有人来探口风，在河街顺顺家中住下，把话问及顺顺，想明白二老的心中，是不是还有意接受那座新碾坊，顺顺就转问二老自己意见怎么样。

二老说：“爸爸，你以为这事为你，家中多座碾坊多个人，你可以快活，你就答应了。若果为的是我，我要好好去想一下，过些日子再说它吧。我尚不知道我应当得座碾坊，还应当得一只渡船；因为我命里或只许我撑个渡船！”

探口风的人把话记住，回中寨去报命。到碧溪岨过渡时，见到了老船夫，想起二老说的话，不由得不眯眯的笑着。老船夫问明白了他是中寨人，就又问他上城作什么事。

那心中有分寸的中寨人说：

“什么事也不作，只是过河街船总顺顺家里坐了一会儿。”

“无事不登三宝殿，坐了一定就有话说！”

“话倒说了几句。”

“说了些什么话?”那人不再说了。老船夫却问道:“听说你们中寨人想把河边一座碾坊连同家中闺女送给河街上顺顺,这事情有不有了点眉目?”

那中寨人笑了。“事情成了。我问过顺顺,顺顺很愿意同中寨人结亲家,又问过那小伙子……”

“小伙子意思怎么样?”

“他说:我眼前有座碾坊,有条渡船,我本想要渡船,现在就决定要碾坊吧。渡船是活动的,不如碾坊固定。这小子会打算盘呢。”

中寨人是个米场经纪人,话说得极有斤两,他明知道“渡船”指的是什么意思,但他可并不说穿。他看到老船夫口唇蠕动,想要说话,中寨人便又抢着说道:

“一切皆是命,半点不由人。可怜顺顺家那个大老,相貌一表堂堂,会淹死在水里!”

老船夫被这句话在心上戳了一下,把想问的话咽住了。中寨人上岸走去后,老船夫闷闷的立在船头,痴了许久。又把二老日前过渡时落漠神气温习一番,心中大不快乐。

翠翠在塔下玩得极高兴,走到溪边高岩上想要祖父唱唱歌,见祖父不理会她,一路埋怨赶下溪边去,到了溪边方见到祖父神气十分沮丧,不明白为什么原因。翠翠来了,祖父看看翠翠的快活黑脸儿,粗卤的笑笑。对溪有扛货物过渡的,便不说什么,沉默的把船拉过溪南,到了中心却大声唱起歌来了。把人渡了过溪,祖父跳上码头走近翠翠身边来,还是那么粗卤的笑着,把手抚着头额。

翠翠说：

“爷爷怎么的，你发痧了？你躺到荫下去歇歇，我来管船！”

“你来管船，好的妙的，这只船归你管！”

老船夫似乎当真发了痧，心头发闷，虽当着翠翠还显出硬扎样子，独自走回屋里后，找寻得到一些碎瓷片，在自己臂上腿上扎了几下，放出了些乌血，就躺到床上睡了。

翠翠自己守船，心中却古怪的快乐高兴，心想：“爷爷不为我唱歌，我自己会唱！”

她唱了许多歌，老船夫躺在床上闭着眼睛，一句一句听下去，心中极乱。但他知道这不是能够把他打倒的大病，到明天就仍然会爬起来的。他想明天进城，到河街去看看，又想起另外许多旁的事情。

但到了第二天，人虽起了床，头还沉沉的。祖父当真已病了。翠翠显得懂事了些，为祖父煎了一罐大发药，逼着祖父喝，又觅过屋后菜园地里摘取蒜苗泡在米汤里作酸蒜苗。一面照料船只，一面还时时刻刻抽空赶回家来看祖父，问这样那样。祖父可不说什么，只是为一个秘密痛苦着。躺了三天，人居然好了。屋前屋后走动了一下，骨头还硬硬的，心中惦念到一件事情，便预备进城过河街去。翠翠看不出祖父有什么要紧事情必须当天入城，请求他莫去。

老船夫把手搓着，估量到是不是应说出那个理由。在面前，翠翠一张黑黑的瓜子脸，一双水汪汪的眼睛，使他吁了一口气。

他说：“我有要紧事情，得今天去！”

翠翠苦笑着说：“有多大要紧事情，还不是……”

老船夫知道翠翠脾气，听翠翠口气已经有点不高兴，不再说要走了，把预备带走的竹筒，同扣花褡裢搁到长几上后，带点儿谄媚笑着说："不去吧，你担心我会把自己摔死，我就不去吧。我以为早上天气不很热，到城里把事办完了就回来——不去也得，我明天去！"

翠翠轻声的温柔的说："你明天去也好，你腿还软！好好的躺一天再起来。"

老船夫似乎心中还不甘服，撒着两手走出去，在门限边一个打草鞋的棒槌，差点儿把他绊了一大跤。稳住了时翠翠苦笑着说："爷爷，你瞧，还不服气！"老船夫拾起那棒槌，向屋角隅摔去，说道："爷爷老了！过几天打豹子给你看！"

到了午后，落了一阵行雨，老船夫却同翠翠好好商量，仍然进了城。翠翠不能陪祖父进城，就要黄狗跟去。老船夫在城里被一个熟人拉着谈了许久的盐价米价，又过守备衙门看了一会厘金局长新买的骡马，才到河街顺顺家里去。到了那里，见到顺顺正同三个人打纸牌，不便谈话，就站在身后看了一阵牌。后来顺顺请他喝酒，借口病刚好点不敢喝酒，推辞了。牌既不散场，老船夫又不想即走，顺顺似乎并不明白他等着有何话说，却只注意手中的牌。后来老船夫的神气倒为另外一个人看出了，就问他是不是有什么事情。老船夫方忸忸怩怩照老方子搓着他那两只大手，说别的事没有，只想同船总说两句话。

那船总方明白在身后看牌半天的理由，回头对老船夫笑将起来。

"怎不早说？你不说，我还以为你在看我牌学张子！"

"没有什么，只是三五句话，我不便扫兴，不敢说出。"

船总把牌向桌上一撒，笑着向后房走去了，老船夫跟在身后。

“什么事？”船总问着，神气似乎先就明白了他来此要说的话，显得略微有点儿怜悯的样子。

“我听一个中寨人说，你预备同中寨团总打亲家，是不是真事？”

船总见老船夫的眼睛盯着他的脸，想得一个满意的回答，就说：“有这事情。”那么答应，意思却是：“有了你怎么样？”

老船夫说：“真的吗？”

那一个又很自然的说：“真的。”意思却依旧包含了“真的又怎么样？”一个疑问。

老船夫装得很从容的问：“二老呢？”

船总说：“二老坐船下桃源好些日子了！”

二老下桃源的事，原来还同他爸爸吵了一阵才走的。船总性情虽异常豪爽，可不愿意间接把第一个儿子弄死的女孩子，又来作第二个儿子的媳妇，这是很明白的事情。若照当地风气，这些事认为只是小孩子的事，大人管不着，二老当真欢喜翠翠，翠翠又爱二老，他也并不反对这种爱怨纠缠的婚姻。但不知怎么的，老船夫对于这件事的关心，使二老父子对于老船夫反而有了一点误会。船总想起家庭间的近事，以为全与这老而好事的船夫有关。虽不见诸形色，心中却有个疙瘩。

船总不让老船夫再开口了，就语气略粗的说道：

“伯伯，算了吧，我们的口只应当喝酒了，莫再只想替儿女唱歌！你的意思我全明白，你是好意。可是我也求你明白我的意思，我以为我们只应当谈点自己分上的事情，不适宜于想那些年青人的门路了。”

老船夫被一个闷拳打倒后，还想说两句话，但船总却不让他再有说话的机会，把他拉出到牌桌边去。

老船夫无话可说，看看船总时，船总虽还笑着谈到许多笑话，心中却似乎很沉郁，把牌用力掷到桌上去。老船夫不说什么，戴起他那个斗笠，自己走了。

天气还早，老船夫心中很不高兴，又进城去找杨马兵。那马兵正在喝酒，老船夫虽推病，也免不了喝个三五杯。回到碧溪岨，走得热了一点，又用溪水去抹身子。觉得很疲倦，就要翠翠守船，自己回家睡去了。

黄昏时天气十分郁闷，溪面各处飞着红蜻蜓。天上已起了云，热风把两山竹篁吹得声音极大，看样子到晚上必落大雨。翠翠守在渡船上，看着那些溪面飞来飞去的蜻蜓，心也极乱。看祖父脸上颜色惨惨的，放心不下，便又赶回家中去。先以为祖父一定早睡了，谁知还坐在门限上打草鞋！

“爷爷，你要多少双草鞋，床头上不是还有十四双吗？怎么不好好的躺一躺？”

老船夫不作声，却站起身来昂头向天空望着，轻轻的说：“翠翠，今晚上要落大雨响大雷的！回头把我们的船系到岩下去，这雨大哩。”

翠翠说：“爷爷，我真吓怕！”翠翠怕的似乎并不是晚上要来的雷雨。

老船夫似乎也懂得那个意思，就说：“怕什么？一切要来的都得来，不必怕！”

二十

夜间果然落了大雨，挟以吓人的雷声。电光从屋脊上掠过时，接着就是訇的一个炸雷。翠翠在暗中抖着。祖父也醒了，知道她害怕，且担心她着凉，还起身来把一条布单搭到她身上去。祖父说：

“翠翠，不要怕！”

翠翠说：“我不怕！”说了还想说：“爷爷你在这里我不怕！”

訇的一个大雷，接着是一种超越雨声而上的洪大闷重倾圮声。两人都以为一定是溪岸悬崖崩落了！担心到那只渡船会早已压在崖石下面去了。

祖孙两人便默默的躺在床上听雨声雷声。

但无论如何大雨，过不久，翠翠却依然就睡着了。醒来时天已亮了，雨不知在何时业已止息，只听到溪两岸山沟里注水入溪的声音。翠翠爬起身来，看看祖父还似乎睡得很好，开了门走出去。门前已成为一个水沟，一股浊流便从塔后哗哗的流来，从前面悬崖直堕而下。并且各处都是那么一种临时的水道。屋旁菜园地已为山水冲乱了，菜秧皆掩在粗砂泥里了。再走过前面去看看溪里一切，才知道溪中也涨了大水，已漫过了码头，水脚快到茶缸边了。下到码头去的那条路，正同一条小河一样，哗哗的泄着黄泥水。过渡的那一条横溪牵定的缆绳,已被水淹没了,泊在崖下的渡船,已不见了。

翠翠看看屋前悬崖并不崩坍,故当时还不注意渡船的失去。但再过一阵,她上下搜索不到这东西,无意中回头一看,屋后白塔已不见了。一惊非同小可,赶忙向屋后跑去,才知道白塔业已坍倒,大堆砖石极凌乱的摊在那儿。翠翠吓慌得不知所措,只锐声叫她的祖父。祖父不起身,也不答应,就赶回家里去,到得祖父床边摇了祖父许久,祖父还不作声。原来这个老年人在雷雨将息时已死去了。

翠翠于是大哭起来。

过一阵,有从茶峒过川东跑差事的人,到了溪边,隔溪喊过渡,翠翠正在灶边一面哭着一面烧水预备为死去的祖父抹澡。

那人以为老船夫一家还不醒,急于过河,喊叫不应,就抛掷小石头过溪,打到屋顶上。翠翠鼻涕眼泪成一片的走出来,跑到溪边高崖前站定。

“喂,不早了!把船划过来!”

“船跑了!”

“你爷爷做什么事情去了呢?他管船,有责任!”

“他管船,管五十年的船——他死了啊!”

翠翠一面向隔溪人说着一面大哭起来。那人知道老船夫死了,得进城去报信,就说:

“真死了吗?不要哭吧,我回城去告他们,要他们弄条船带东西来!”

那人回到茶峒城边时,一见熟人就报告这件事,不多久,全茶峒城里外都知道这个消息了。河街上船总顺顺,派人找了一只空船,带了副白木匣子,即刻向碧溪岨撑去。城中杨马兵却同一个老军人,赶到碧溪岨去,砍了几十根大毛竹，用葛藤编作筏子，作为来往过渡的临时渡船。筏子编好后，撑了那个东西，到翠翠家中那一边岸下，留老兵守竹筏来往渡人，自己跑到翠翠家去看那个死者，眼泪湿莹莹的，摸了一会躺在床上硬僵僵的老友，又赶忙着做些应做的事情。到后帮忙的人来了，从大河船上运的棺木也来了，住在城中的老道士，还带了许多法器，一件旧麻布道袍，并提了一只大公鸡，来尽义务办理念经起水诸事，也从筏上渡过来了。家中人出出进进，翠翠只坐在灶边矮凳上呜呜的哭着。

到了中午，船总顺顺也来了，还跟着一个人扛了一口袋米，一坛酒，火腿猪肉。见了翠翠就说：

"翠翠，爷爷死了我知道了，老年人是必需死的，不要发愁，一切有我！"

各方面看看，就回去了。到了下午入了殓，一些帮忙的回的回家去了，晚上便只剩下了那老道士、杨马兵同顺顺家派来的两个年青长年。黄昏以前老道士用红绿纸剪了一些花朵，用黄泥作了一些烛台。天断黑后，棺木前小桌上点起黄色九品蜡，燃了香，棺木周围也点了小蜡烛，老道士披上那件蓝麻布道袍，开始了丧事中绕棺仪式。老道士在前拿着小小纸幡引路，孝子第二，马兵殿后，绕着那具寂寞棺木慢慢转着圈子。两个长年则站在灶边空处，胡乱的打着锣钹。老道士一面闭了眼睛走去，一面且唱且哼，安慰亡灵。提到关于亡魂所到西方极乐世界花香四季时，老马兵就把木盘里的纸花，向棺木上高高撒去，象征这个西方极乐世界情形。

到了半夜，事情办完了，放过爆竹，蜡烛也快熄灭了，翠翠泪眼婆娑的，赶忙又到灶边去烧火，为帮忙的人办消夜。吃了消夜，老道士歪到死人床上睡着了。剩下几个人还得照规矩在棺木前守夜，老马兵为大家唱丧堂歌取乐，用个空的量米木升子，当作小鼓，把手剥剥剥的一面敲着升底一面唱下去——唱“王祥卧冰”的事情，唱“黄香扇枕”的事情。

翠翠哭了一整天，同时也忙了一整天，到这时已倦极，把头靠在棺前眯着了。两长年同马兵既吃了消夜，喝过两杯酒，精神还虎虎的，便轮流把丧堂歌唱下去。但只一会儿，翠翠又醒了，仿佛梦到什么，惊醒后明白祖父已死，于是又幽幽的干哭起来。

“翠翠，翠翠，不要哭啦，人死了哭不回来的！”

老马兵接着就说了一个做新嫁娘的人哭泣的笑话，话语中夹杂了三五个粗野字眼儿，因此引起两个长年咕咕的笑了许久。黄狗在屋外吠着，翠翠开了大门，到外面去站了一下，耳听到各处是虫声，天上月色极好，大星子嵌进透蓝天空里，非常沉静温柔。翠翠想：

“这是真事吗？爷爷当真死了吗？”

老马兵原来跟在她的后边，因为他知道女孩子心门儿窄，说不定一炉火闷在灰里，痕迹不露，见祖父去了，自己一切皆已无望，跳崖悬梁，想跟着祖父一块儿去，也说不定！故随时小心监视到翠翠。

老马兵见翠翠痴痴的站着，时间过了许久还不回头，就打着咳叫翠翠说：

“翠翠，露水落了，不冷么？”

“不冷。”

“天气好得很！”

“呀……”一颗大流星使翠翠轻轻的喊了一声。

接着南方又是一颗流星划空而下。对溪有猫头鹰叫。

“翠翠,”老马兵业已同翠翠并排一块儿站定了,很温和的说:“你进屋里睡去吧,不要胡思乱想!”

翠翠默默的回到祖父棺木前面,坐在地上又呜咽起来。守在屋中两个长年已睡着了。

那一个马兵便幽幽的说道:“不要哭了!不要哭了!你爷爷也难过咧,眼睛哭胀喉咙哭嘶有什么好处。听我说,爷爷的心事我全都知道,一切有我。我会把一切安排得好好的,对得起你爷爷。我会安排,什么事都会。我要一个爷爷欢喜你也欢喜的人来接收这只渡船!不能如我们的意,我老虽老,还能拿镰刀同他们拼命。翠翠,你放心,一切有我!……”

远处不知什么地方鸡叫了,老道士在那边床上糊糊涂涂的自言自语:“天亮了吗?早咧!”

二十一

大清早,帮忙的人从城里拿了绳索杠子赶来了。

老船夫的白木小棺材，为六个人抬着到那个倾圮了的塔后山岨上去埋葬时,船总顺顺,马兵,翠翠,老道士,黄狗,皆跟在后面。到了预先掘就的方阱边,老道士照规矩先跳下去,把一点朱砂颗粒同白米安置到阱中四隅及中央,又烧了一点纸钱,爬出阱时就要抬棺木的人动手下殡。翠翠哑着喉咙干号,伏在棺木上不起身。经马兵用力把她拉开,方能移动棺木。一会儿,那棺木便下了阱,拉去了绳子,调整了方向,被新土掩盖了,翠翠还坐在地上呜咽。老道士要赶早回城去替人做斋,过渡走了。船总事多,把一切事托给老马兵,也赶回城去了。帮忙的皆到溪边去洗手,家中各人还有各人的事,且知道这家人的情形,不便再叨扰,也不再惊动主人,过渡回家去了。于是碧溪岨便只剩下三个人,一个是翠翠,一个是老马兵,一个是由船总家派来暂时帮忙照料渡船的秃头陈四四。黄狗因被那秃头打了一石头,怀恨在心,对于那秃头仿佛很不高兴,尽是轻轻的吠着。

到了下午,翠翠同老马兵商量,要老马兵回城去把马托给营里人照料,再回碧溪岨来陪她。老马兵回转碧溪岨时,秃头陈四四被打发回城去了。

翠翠仍然自己同黄狗来弄渡船，让老马兵坐在溪岸高崖上玩，或嘶着个老喉咙唱歌给她听。

过三天后船总来商量接翠翠过家里去住，翠翠却想看守祖父的坟山，不愿即刻进城。只请船总过城里衙门去为说句话，许杨马兵暂时同她住住，船总顺顺答应了这件事，就走了。

杨马兵既是个上五十岁了的人，说故事的本领比翠翠祖父高一筹，加之凡事特别关心，做事又勤快又干净，因此同翠翠住下来，使翠翠仿佛去了一个祖父，却新得了一个伯父。过渡时有人问及可怜的祖父，黄昏时想起祖父，皆使翠翠心酸，觉得十分凄凉。但这分凄凉日子过久一点，也就渐渐淡薄些了。两人每日在黄昏中同晚上，坐在门前溪边高崖上，谈点那个躺在湿土里可怜祖父的旧事，有许多是翠翠先前所不知道的，说来便更使翠翠心中柔和。又说到翠翠的父亲，那个又要爱情又惜名誉的军人，在当时按照绿营军勇的装束，如何使女孩子动心。又说到翠翠的母亲，如何善于唱歌，而且所唱的那些歌在当时如何流行。

时候变了，一切也自然不同了，皇帝已不再坐江山，平常人还消说！杨马兵想起自己年青作马夫时，牵了马匹到碧溪岨来对翠翠母亲唱歌，翠翠母亲不理会，到如今自己却成为这孤雏的唯一靠山唯一信托人，不由得不苦笑。

因为两人每个黄昏必谈祖父以及这一家有关系的事情，后来便说到了老船夫死前的一切，翠翠因此明白了祖父活时所不提到的许多事。二老的唱歌，顺顺大儿子的死，顺顺父子对于祖父的冷淡，中寨人用碾坊作陪嫁妆奁诱惑傩送二老，二老既记忆着哥哥的死亡，且因得不到翠翠理会，又被家中逼着接受那座碾坊，意思还在渡船，因此抖气下行，祖父的死因，又如何与翠翠有关……凡是翠翠不明白的事，如今可全明白了。翠翠把事弄明白后，哭了一个夜晚。

过了四七，船总顺顺派人来请马兵进城去，商量把翠翠接到他家中去，作为二老的媳妇。但二老人既在辰州，先就莫提这件事，且搬过河街去住，等二老回来时再看看二老意思。马兵以为这件事得问翠翠。回来时，把顺顺的意思向翠翠说过后，又为翠翠出主张，以为名分既不定妥，到一个生人家里去不好，还是不如在碧溪岨等，等到二老驾船回来时，再看二老意思。

这办法决定后，老马兵以为二老不久必可回来的，就依然把马匹托营上人照料，在碧溪岨为翠翠作伴，把一个一个日子过下去。

碧溪岨的白塔，与茶峒风水有关系，塔圮坍了，不重新作一个自然不成。除了城中营管，税局以及各商号各平民捐了些钱以外，各大寨子也有人拿册子去捐钱。为了这塔成就并不是给谁一个人的好处，应尽每个人来积德造福，尽每个人皆有捐钱的机会，因此在渡船上也放了个两头有节的大竹筒，中部锯了一口，尽过渡人自由把钱投进去，竹筒满了马兵就捎进城中首事人处去，另外又带了个竹筒回来。过渡人一看老船夫不见了，翠翠辫子上扎了白线，就明白那老的已作完了自己分上的工作，安安静静躺到土坑里给小蛆吃掉了，必一面用同情的眼色瞧着翠翠，一面就摸出钱来塞到竹筒中去。“天保佑你，死了的到西方去，活下的永保平安。”翠翠明白那些捐钱人的怜悯与同情意思，心里酸酸的，忙把身子背过去拉船。

可是到了冬天，那个圮坍了的白塔，又重新修好了。那个在月下唱歌，使翠翠在睡梦里为歌声把灵魂轻轻浮起的年青人，还不曾回到茶峒来。

…………

这个人也许永远不回来了，也许“明天”回来！

二十三年四月十九日完成

1

The highway running east from Sichuan to Hunan comes, just west of the border, to Chatong, a small town in the hills. Nearby a stream flows past a small pagoda, at the foot of which lives a solitary household: an old man, a girl and a dog.

The stream winds down three *li* or so through the rocks to join the big river at Chatong, and once you cross the water it is only one *li* over the hills to the town. Since the channel curves like a bow, the path through the hills, like a bow-string, is slightly shorter. The stream bed, some twenty feet wide, is made up of boulders. In places the quiet waters are too deep for a pole to reach the bottom, yet so clear that you can count the fish swimming there. The water level fluctuates considerably, and while there is no money to build a bridge a ferry has been provided, a barge which holds about twenty men and horses—more than that and it has to make a second trip. A movable iron hoop is attached to a bamboo post in the bow while a hawser spans the stream. To cross, all you need do is slip the hoop over the hawser and pull yourself slowly to the other side. As the boat nears the bank, the ferryman with a shout of "Steady, now!" leaps ashore holding the hoop; then passengers and horses disembark to disappear over the hills. Since this ferry is public property, no toll is paid. If some well-meaning passenger tosses down a few coins, the ferryman picks them up one by one and thrusts them back into his hand, protesting almost truculently, "I'm paid for this job—three pecks of rice and seven hundred coins! I don't want your money!"

Some insist on paying, however, unable to look on with an easy conscience while hard work goes unrewarded. This upsets the ferryman, who, to ease his own conscience, gets someone to buy tea or tobacco leaves in town and keeps bundles of Chatong's best tobacco hanging from his girdle to offer cheerfully to all and sundry. When he senses a traveller's interest in this tobacco, he sticks a few leaves in his baggage-roll, saying, "Care for a smoke, brother? This is first-rate. Doesn't look much, with leaves as broad as the palm of your hand, but it has a mighty fine flavour. Makes a good present too!" The tea he brews in summer in a large pitcher for any thirsty passer-by.

This ferryman is the old fellow who lives just below the pagoda. Seventy now, he has stayed since the age of twenty beside this stream, ferrying countless passengers in fifty years. It is high time the sturdy old man retired, but evidently fate will otherwise: no throwing in his hand for him. Without reflecting what this job means, he carries on quietly and faithfully. Fate, in his case, is the girl at his side who makes him feel the lure of life at sunrise and stops him from brooding about death at sunset. His sole companions are the ferry-boat and Brownie, the dog; his sole relation this girl.

The girl's mother, his only daughter, seventeen years ago had a love affair behind her father's back with a soldier at Chatong who serenaded her. He put her in the family way, but could only marry her if they eloped. For him that would have meant deserting his post, for her leaving her father all alone. Her lover knew that she dreaded the thought of eloping and shrank from spoiling his own record as a soldier; there seemed no way for them to live together, but nothing to prevent their dying together... and indeed a severe bout of illness carried him off. His sweetheart hesitated to follow him because of her unborn child. When this came to the knowledge of the ferryman, he uttered not a word of reproach but carried on quietly as if he knew nothing of the matter. Shame and pity kept the girl at her father's side. But as soon as her child was born she killed herself by drinking too much cold stream water. Miraculously the orphan survived: she is now a girl of thirteen. Because their home was among bamboos and hills of a glorious emerald green, the old boatman gave the poor mite the name Emerald.

Wind and sun have tanned the growing girl's skin, her eyes resting on green hills are as clear as crystal. Nature is her mother and teacher, making her innocent, lively and untamed as some small wild creature. She has the gentleness of a fawn and seems not to know the meaning of cruelty, anxiety or anger. Should a stranger on the ferry stare at her, she fixes her brilliant eyes on him as if ready to fly any instant to the mountains; but once she knows no harm is meant, she finishes her task calmly.

Rain or fine, the old man stays at his post. When passengers come he grasps the hawser and, straining forward, hauls the ferry across. Tired out, he lies down to sleep on a rock near by; and if someone hails them from the further shore Emerald will not let her grandfather get up but jumps aboard to take his place as nimbly as you could wish. Sometimes she and Brownie accompany him and she hauls on the hawser with him. As the ferry nears the bank and her grandfather calls, “Steady, now!” the dog bounds ashore with the rope in his mouth to tug the ferry in, proud of the part he is playing. The old man and his granddaughter are familiar figures to the villagers round Chatong, and Brownie is a favourite with them too.

On a fine day when no one comes by to disturb them, the old man and Emerald may sit sunning themselves on a boulder in front of the door, or throw a stick from the cliff into the water to watch Brownie plunge in to retrieve it. Sometimes Emerald and the dog listen intently to her grandfather's tales of fighting in the town in years long past, or he and his granddaughter play a wedding tune on their bamboo flutes. The arrival of a traveller makes the old man lay aside his flute and hurry down to ferry the stranger across. Then from the cliff the girl calls:

"I'll play, grandad, and you sing!"

The old man in midstream breaks into cheerful song, his hoarse voice mingling with the strains of the flute to float out into the stillness and bring new life to the stream. Indeed, the echoing music accentuates the stillness.

From east Sichuan sometimes come calves, flocks of sheep or a decorated bridal sedan-chair. Then Emerald insists on taking charge and, standing in the stern, pulls lazily on the hawser while the barge inches slowly across. She follows the calves, sheep or bridal-chair ashore, sees them up the hill and watches them vanish in the distance before turning back to take the boat home again. She imitates the bleating of the lambs, the lowing of the cows, or sticks a flower in her hair to play the part of a bride.

A bare *li* separates Chatong from the ferry. When the old man goes in to buy oil of salt or for New Year or some other festival, he likes to have a drink in town. If he stays at home, Brownie goes in with Emerald to buy what is needed. All she sees in the grocery impresses the girl: the stacks of vermicelli, the huge vats of sugar, the fire-crackers and red candles—she will talk about these for hours when she gets home. Moreover the riverside there is thronged with junks working their way upstream, with dozens of boatmen busy loading and unloading. And these vessels, so much larger and more exciting than their barge, have a vivid place in her recollections too.

2

Chatong stands wedged between the river and mountains, its wall in the rear coiling like a snake on the hillside. By the wharves outside the front section of the wall a host of small craft lie at anchor. These go downstream laden with *tung* oil, rock salt or the galls used in dyeing; and upstream with raw cotton, cotton yarn, textiles, miscellaneous goods or sea products. On the frontage between the wharves space is so limited that most houses are built on stilts overhanging the water. In spring the river rises imperceptibly till families living on the front throw long ladders from their roofs to the city wall and, swearing and shouting, lugging bundles, bedding and big rice containers, cross by these ladders into town. When the water recedes, they come out through the city gate. At times the river rises so suddenly that some houses on the front are swept away before the blank eyes of the watchers on the city wall, including the flood victims themselves, who take this loss as phlegmatically as any other natural calamity they are powerless to avert. Watchers on the wall can see houses, oxen, sheep and big trees washed down from the mountains on the swirling, foaming water which has overflown its banks. So men often wait in sampans where the current flows less strongly, in front of the Customs Boat, for instance; and as soon as an animal, tree, empty boat or one with a woman or child crying in it come into sight, they row off furiously to intercept it, and having lassoed it pull it back to the shore. These stout fellows are typical of the locality, being both profit-seeking and good-hearted. Whether out to save lives or salvage goods, they risk their necks cheerfully with a courage and resourcefulness beyond all praise.

This river, famed in history as the You, is now known as the White River. After reaching Chenzhou where it mingles with the River Yuan, its waters grow turgid. But if you sail upstream, you can see clear to the bottom of pools thirty to fifty feet deep, so transparent is the water. In sunlight, even the white pebbles on the river bed and the veins on the cornelian pebbles stand out distinctly. The fish darting to and fro seem floating in air. The mountains on either side, covered with the tapering bamboos from which paper is made, are a deep, vivid emerald the whole year round. Most homesteads near the water are set among peach and apricot trees, so that in spring wherever there is blossom you can count on finding people, and wherever people are you can count on a drink. In summer the girls' purple tunics hung up to dry in the sun serve as flags to mark the whereabouts of men, while all through the middle reaches of the river in autumn and winter your eyes are caught by the cottages perched on crags overhanging the water. With their brown mud walls, black tiles and perfect setting, they harmonize so completely with the surroundings that your heart leaps up in delight. Any traveller with the least feeling for poetry or painting could drift here without tiring for full thirty days in a small boat, for there are fresh marvels at every turn produced by man's labour and the bold skill of Nature which hold you utterly spellbound.

The White River rises on the Sichuan border, and in spring when the water is high small vessels can push up as far as Mount Xiu in Sichuan. But Chatong is the last port on the Hunan border. Though the river is half a *li* wide here, in autumn and winter when the water falls it dwindles to a mere two hundred feet across, flowing through an expanse of black rocks. Since boats can go no further, all goods coming into Sichuan or leaving it are unloaded or loaded here. Coolies with carrying-poles of mulberry wood bring goods here for shipment east, while freight brought in is made up into loads here for porters to take on.

The town is garrisoned by a battalion reorganized from the old Green Battalion. There are about five hundred military households, some of which own fields in the hills or *tung* oil presses; some are small capitalists who have invested in oil, rice or cotton yarn; but most are soldiers' families drafted here. There is a revenue bureau too in the small temple at the end of the waterfront outside the city wall, which generally has a long notice posted up. The director of the bureau lives in the town. The old military yamen serves as barracks, but the soldiers' presence would probably pass unnoticed if not for the sentries who practise bugling every day on the wall. If you go into town during the day in winter, you see clothes and vegetables drying before every door, sweet potatoes hanging with trailing vines from the eaves, as well as sacks full of chestnuts, hazelnuts or the like. Poultry cluck cheerfully. Men saw wood in front of their doors or chop firewood to stack in the yard, while middle-aged women in starched blue cotton clothes and flowered aprons chat to each other in the sunlight as they bend over their work. Peace reigns supreme and the townsfolk spend all their days in an unspoiled solitude hard to imagine. Tranquillity makes them reflect more deeply on life, makes them dream more. Naturally every soul in this little town in his allotted span of days has his private hopes and is torn by love and hate. Exactly what fills their minds it is hard to say. Those living high up in the town can watch the river from their doorsteps, the boats plying to and fro and the endless lines of towmen on the further bank. Some towmen from downstream bring superior cakes and foreign confectionery to sell in town when their junk moors: that is what a boat's arrival means to most children. As for the older folk, they raise a brood of chicks or a couple of pigs for the boatman in exchange for gold ear-rings, a few yards of strong blue material, a vat of good soyabean sauce or a handsome paraffin lamp—these are the chief concern of the housewives.

For all its quiet tranquillity, this little town is a centre of trade and communications for east Sichuan, and therefore the small waterfronts have a character all their own. There are inns where merchants put up, barbers' establishments, not to mention restaurants, general stores, oil and salt depots and drapers' shops. There are ship-chandlers too, and "wharf-rats" who make a living by recruiting boatmen. The long tables in front of the modest eating houses often bear crisp brown carp fried with beancurd and garnished with slivers of red paprika in shallow dishes next to bamboo holders filled with scarlet chopsticks. For a few cents anyone can sit down at the table and pull out a pair of chopsticks. Then a woman with plucked eyebrows and a powdered face will come to ask, "Would you care for sweet wine or rice wine, master?" A spirited man who likes to tease will retort, "Sweet wine? What do you take me for—a child?" Then rich yellow wine is ladled out of the vat into an earthen bowl and brought promptly to the table. This potent, fragrant brew can knock a strong man out if he drinks too much. The general stores sell paraffin, paraffin lamps, candles and paper. The oil depots purchase *tung* oil. The salt merchants store the dark rock salt from Sichuan's salt wells. The drapers stock white cotton yarn, cloth, cotton and black silk headscarves. The ship-chandlers have everything a junk can need down to anchors weighing a good hundred catties displayed outside to tempt the customers in. The doors of the "wharf-rats" on the waterfront remain open all day long as in and out troop jolly boatmen or boat-owners in dark satin jackets over long gowns. These places are like tea-houses where no tea is sold. They are not opium dens, yet you can smoke opium there. Although men come here on business, from the boat-owners down to the oarsmen and towmen they make it a rule never to mention figures. Most of them drop in here to have a good time. They discuss local happenings, the state of trade in both provinces, and news from down-river. Meetings and financial transactions take place here too, not to mention dicing and gambling. But the two main items of business are deals in boats and in wives.

As trade in a town develops, so do parasites. And to cater for the merchants and boatmen, the shanties on the waterfront of the small town begin to house women of a special type who come in from the surrounding countryside or whose husbands, Sichuanese soldiers, have been drafted to Hunan and never returned. These women wear artificial silk tunics, flowered print trousers, and have long, arched eyebrows, big, lavishly scented chignons. They pass the day seated on stools at their doors embroidering red and green phoenixes on their slippers or waistbands for their lovers, one eye on the passers-by. Or they stare down from their windows at the junks being loaded and unloaded, or listen to the boatmen's chants as they swarm up the masts. At dusk they set to work in earnest, entertaining merchants and boatmen one after another.

Border ways are so simple that even these girls remain honest. Before entertaining a stranger, they ask for their money and count it before closing the door and getting down to business. But in the case of an old customer, the matter of payment is left up to him. Whereas most of the women's income comes from merchants, it is usually the boatmen who win their hearts. Two lovers at parting bite their lips and swear to go steady during their separation. For six or seven weeks maybe, the man on his boat and the girl on the waterfront wait for the long days to go by, the hearts of each with the loved one far away. The girls, especially, love so well that if one's sweetheart fails to return by the time appointed, she dreams of his boat putting in to shore and sees him bound down the gangway to run to her side. If she has begun to doubt him, she dreams of him singing to another woman, forgetting her. Then weaker spirits jump into the river or swallow opium in their dreams, while the bolder seize a chopper to take revenge. Although outside the pale of normal society, their love affairs too are attended by tears and laughter, and love and hate loom so large in their lives that passion can easily blind them to all around. Where they differ from other young people is simply in intensity of feeling—call it greater folly, if you like. Short-term engagements, long-term "marriages", or a temporary retirement—none of the simple folk there think any the worse of prostitutes for such behaviour, not using the standards of educated men to condemn them. Prostitutes they may be, yet setting such store by right, so little by profit, they are often more to be trusted than those gentlemen in the city who talk of nothing but morality and conscience.

The wharf-master, Shun Shun, served under the Qing Dynasty banner before becoming an officer in the celebrated 49th Detachment of the revolutionary army in 1911. Whereas other officers made a name during the revolution or lost their heads, he went home with a game leg and invested his modest savings in a six-oared boat which he hired out to a poor boat-owner to ship goods between Chatong and Chenzhou. His luck held for two years, and with the money he made he married a fairly well-to-do, good-looking widow. A few years later he had four boats, large and small, a wife and two sons.

Fortune smiled on this open-handed, easy-going man; but being a sociable fellow, quick to help those in distress, he never made a pile like some oil merchants. Having roughed it himself in the army, he knew the hardships of life on the road and could sympathize with the misfortunes of others; thus he gave unstinted help to boat-owners bankrupt through wrecks, demobilized soldiers on their way home, or needy scholars. This was how he disposed of the money he made on the river. In spite of his game leg he could still swim; and although he walked with a limp, he was straight as a die in his dealings. The regulation of the river traffic is a simple business, based on established custom. If two boats collide or one gets in another's way, there are time-honoured methods of settling the matter. But the arbitration has to be done by an elderly man whose integrity is beyond question. One autumn the old wharf-master died, and Shun Shun took his place. He was only fifty but so shrewd, honest and easy to get on with, so little interested in money, that no objections were raised on the score of his age.

Shun Shun's elder son is sixteen now, the younger fourteen. Strong as a pair of young oxen, good boatmen, swimmers and walkers, they excel in all the activities that village youngsters go in for. The elder takes after his father, being manly and open, impatient of meaningless conventions. The younger is quieter, more like his good-looking mother. One glance at his fine features and you can see that here is an intelligent, sensitive lad.

To toughen his sons, now that they are no longer boys, Shun Shun sends them out in turn on trips. They travel downstream on his boats sharing the discomforts and pleasures of the crew. Rowing, they pull the heaviest oar; towing, they head the team. Their food is salted fish, paprika and pickled vegetables; their bed the hard deck. At other times they trudge in straw sandals to east Sichuan with goods to sell at Mount Xiu, Longtan and Youyang. Whatever the weather, cold, sweltering, wet or snowy, they have to make each stage on time. They carry knives so that, if set upon, they can draw to defend themselves, settling the dispute with blood if necessary. Knives are indispensable in these parts for dealing with enemies or for swearing friendship. And these youngsters lose no chance of using them. They have learned trading, the laws of hospitality, how to fit into a new place, and how to defend themselves and their good name. This upbringing is designed to teach them courage and give them a sense of values. As a result, Shun Shun's two lads are strong as tigers but pleasant-spoken and modest, with nothing in them of the loafer, braggart or bully. Indeed, they and their father are highly thought of in all the region round Chatong.

When the boys were young, Shun Shun realized that his first-born took after him and would have no trouble making his way in the world, while the younger boy was cast in a finer mould. He had a soft spot in his heart for the younger, giving him the name Nuosong, his brother that of Tianbao. And Nuosong was such a fine-looking boy that the Chatong boatmen nicknamed him Yue Yun[①]. For everyone's first impression of Nuosong was that here was a Yue Yun in white helmet and armour just off the stage.

---

① Son of Yue Fei, a brave patriotic general of the Song Dynasty, who fought against invaders. Yue Yun is presented on the stage as a handsome and courageous young fighter.

 3

The military commander in this area has succeeded so well in preserving the peace that for ten years and more there has been no serious disturbance at the border. Trade by land and water has not been disrupted by fighting or banditry. Order reigns and men live well content with their lot. The loss of a buffalo, the capsizing of a boat or a death in the family will plunge them into sorrow; for the rest, however, they seem quite untouched by the unhappy struggles going on elsewhere in the country.

The liveliest days in this border town are the Dragon Boat Festival, the Mid-autumn Festival and the Spring Festival. The whole of Chatong makes as merry on these occasions as fifty years ago, and the local people have the time of their lives.

On the Dragon Boat Festival in the fifth month, women and children put on new clothes and paint the character for "king" on their foreheads with a mixture of realgar and yellow wine. Fish and meat are eaten by every family. The whole town sits down to lunch round about eleven, then doors are locked and they go out to watch the boatrace. Those with friends on the waterfront may go there; the rest flock to the wharves or the door of the Customs House. The race starts downstream just off Changtan and finishes at the Customs House. So today all the notables of the town, including army officers and customs officials, gather there to watch the fun. Preparations have been made well in advance, different groups choosing their strongest, ablest young men to practise rowing. The dragon boats are longer and narrower than ordinary sampans, with curved ends and sides painted with vermilion stripes. They are stored in dry caves by the river for the rest of the year. Each boat seats twelve to eighteen oarsmen, a cox and two men to beat drums and gongs. Each rower has a short oar and the beat of the drum regulates their speed while the red-turbaned cox in the stern signals with two small flags the course to take. Generally the drum and gong are in the middle, and when the race reaches a critical stage they raise a din like thunder which, added to the roar of cheers and boos on the bank, reminds you of some epic river battle of old. The winning crew receives prizes at the Customs House: red silk and a small silver badge to be sported by one of the oarsmen as a sign of their stamina and coordination. To greet the victorious boat, the bluff army officers let off five hundred fire-crackers at the river's edge.

After the race, the notables enjoy themselves with the humble folk and add to the excitement of the day by getting soldiers to throw into the river thirty green-headed drakes with red cloth tied round their long necks. The best swimmers, soldiers or civilians, chase these birds, and whoever catches one keeps it. This provides a new spectacle—a river dotted with drakes chased by good swimmers.

The boatrace and the race between drakes and men continue till dusk falls.

Wharf-master Shun Shun was a champion swimmer who never failed to catch a drake. But Nuosong, the year that he was ten, bagged a bird by swimming under water to it, after which Shun Shun told his sons, half in jest, "I can leave this to you now. No point in my competing with the two of you." So he no longer takes part in these races, though when it comes to saving someone from drowning he thinks nothing of jumping into the water. Even if he lives to be eighty, you may be sure Shun Shun will go through fire or flood to rescue someone in danger.

Tianbao and Nuosong are two of the best rowers and swimmers in these parts.

Now the Dragon Boat Festival is at hand again. The race will take place on the fifth. So on the first a meeting is held on the waterfront, and it is decided to lower the waterfront's boat that very morning. As it happens, Tianbao has to set out today with some merchants to deliver festival goods to Longtan; so it is left to Nuosong to take part. Sixteen youngsters, strong as young oxen, carrying candles, fire-crackers and a big oxhide drum painted with a red diagram of the *yin* and *yang*[1], march through the hills to where their boat is kept and, lighting the candles, carry it down to the water. Once aboard, they let off their fire-crackers and with a great burst of drumming fly off like a featherless arrow downstream to Changtan.

That happens in the morning. After noon the fisherfolk on the further shore launch their dragon boat too and both crews begin training for the race. The first roll of drums on the water brings home to all who hear it the happy realization that the festival is at hand. The thoughts of the women on the waterfront who are waiting and longing for their lovers fly to the men far away. Many junks will hasten back for the festival, others will have to spend it far from home; and this makes it a time for rejoicing as well as for grieving. Some eyes in the little town shine with joy while others are dimmed with disappointment.

---

① A Taoist sign.

When the roll of drums carries over water and hills to the ferry, the first to hear it is Brownie. Barking wildly, he dashes round the house. Next time passengers are ferried across, he follows them up the east bank and races up the hill overlooking town, yapping frantically.

Emerald, seated on the rock outside their hut, has been plaiting locusts and centipedes out of palm leaves while Brownie slept in the sun. When he comes back from dashing round like a mad creature she scolds:

"Now then, Brownie! Behave yourself!"

But presently she too catches the distant drumming and starts racing round the house, then crosses the river with her dog to stand listening on the next hill, letting the intoxicating sound carry her back in fancy to a previous year.

4

Two years before this, on the fifth of the fifth month, her grandfather found someone to mind the ferry while he took Brownie and Emerald into town to watch the dragon-boat race. The bank was thick with people as four long vermilion boats came rowing upstream. The river had just begun to rise and in the sunlight the water was pea-green. As the drums rolled, Emerald bit her lips, happier than words could tell. So many eager spectators were milling round that she did not notice when her grandfather disappeared, leaving her with Brownie.

Her eyes on the boats, she thought, "Grandad will soon be back." But as time went by she began to be rather worried. The day before he had asked: "If you went alone to see the boatrace tomorrow, would you be afraid of the crowds?" "No, I wouldn't," she said. "But it's no fun all alone." At that he bethought himself of an old friend in town and went in that same night to ask him to see to the ferry for one day, so that he could give Emerald a good time. Since this friend lived all alone without even a dog, they invited him to a meal and to drink some yellow wine with a pinch of realgar. The meal at an end and the job handed over, the others set off. On the road, her grandfather said, "There's a fearful crowd there, lass. It's a regular bedlam. Dare you watch from the bank alone?" "Of course I dare," she said. "But it's dull on your own." Once by the river, the boats claimed all her attention. The ferryman thought, "There's still a good three or four hours to go. My friend oughtn't to miss this. I'll go back and change with him." He told Emerald, "There's such a mob here, don't move away. I've something to do, but I'll be back for sure to take you home." Intent on two boats now abreast, she agreed without thinking. And knowing that Brownie would guard her, the old man left.

He found his friend at the foot of the white pagoda straining his ears to catch the sounds in the distance.

He called him to bring the boat over, and they crossed back to stand by the pagoda together. The ferryman explained his return, concluding, "Don't trouble to come back if you're enjoying yourself. Just tell Emerald to come home when everything's over. If she's scared, you might bring her back." His old crony had no wish to watch the race, however, preferring to sit and drink a few cups by the stream. The old man gladly fetched out a gourdful of wine and shoved it towards him. So they drank, talking over festivals long gone by, till his friend fell into a drunken sleep on the rock.

A drunken man could not go to town and the ferryman did not like to leave his post. Meanwhile Emerald down by the river started to fret.

After the race, some army officers sent out sampans to drop ducks into the water; but still there was no sign of her grandfather. On the chance that he was waiting somewhere else, she and Brownie searched through the crowd, but all in vain. It would soon be dusk. The soldiers who had brought out benches were carting them home again. Only a few drakes were still at large on the river, while the number of their pursuers was dwindling too. As the setting sun fell on the girl's home upstream, a fearful thought crossed her mind, "Can grandad be dead?"

He had told her to stay where she was, and to disprove her wild notion she assured herself that some friend must have kept him drinking. Since this was highly likely, she decided against going home with Brownie before it was really dark. Instead she stood there waiting on the wharf.

Presently the two dragon boats from the further bank rowed into a backwater and disappeared. Most of the spectators had scattered. Lights had been lit in the brothels, where girls were singing to the accompaniment of tambourines and guitars. From other houses came shouts of men in their cups playing the finger-game[①]. On some boats moored nearby supper was being prepared: greens and turnips hissed and spluttered in boiling fat. Daylight was fast fading on the river, where only one solitary white duck was floating, pursued by one solitary swimmer.

Still Emerald stayed where she was, sure that her grandfather would fetch her.

The singing in the houses grew louder, and a boatman on a junk close by remarked: "Jinting! Isn't that your girl singing to some fat Sichuanese while he swills his wine? Like to bet on it?" Another boatman retorted, "When she sings for other fellows, she thinks of me. She knows I'm here."

"Get on! When she's in another man's arms, she thinks of you? Prove it!"

"All right. I will."

He whistled a few notes, and almost at once the singing upstairs stopped. The two boatmen roared with laughter. They went on to discuss that particular

---

① A traditional Chinese game played at drinking feasts. The two contestants stretch out a hand each indicating any number between zero and five and call out a number up to ten supposed to be the sum total of the two hands. The one who calls the correct total wins and the loser must drink a cup as forfeit.

woman in language so coarse that it grated on Emerald's ears, but she could not go away. When one remarked that the prostitute's father had been murdered seven years earlier on Cotton Hill, slashed with seventeen knives, Emerald's mind was troubled again with the strange notion: "Can grandad be dead?"

The two boatmen went on talking while the white duck floated slowly towards Emerald's wharf and she thought, "If you come any closer, I'll grab at you!" She waited quietly till the duck was about thirty feet from the bank when the boatmen were hailed with a laugh by a swimmer in the water who had caught the duck. They called back through the gloaming, "Good for you, Number Two! How many did you catch today—five?"

"This one was a cunning old bird," replied the swimmer. "But I bagged it in the end."

"You'll be just as good at bagging women one of these days!"

The swimmer made no reply but struck out to the wharf. As he climbed ashore, dripping, Brownie set up a great barking to indicate the presence of his young mistress, and the swimmer caught sight of Emerald. Apart from her the wharf was deserted.

"Who are you?" he asked.

"Emerald."

"Who's Emerald?"

"My grandad's ferryman at the Green Stream."

"This is no ferry. What are you doing here?"

"Waiting for grandad. He's going to take me home."

"He can't be coming. Must have gone to the barracks to have a drink, got drunk and been carried home."

"My grandad's not like that. If he said he'd come, he will."

"Well, don't wait here. Come to my house—that one with the lamps—and wait for him there. "

Emerald's ears were still tingling from the boatmen's coarse talk so that she misunderstood this well-meant invitation and thought he wanted her to go to the building where a woman was singing. She had never flown out at anyone before, but now, troubled by her grandfather's long delay and afraid she was being insulted, she swore under her breath:

"To hell with this hooligan! "

Low as the words were, he caught them, and realized that she was no more than a girl. "Such language from a child! " he teased, chuckling. "If you stay here, mind a big fish doesn't bite you—don't expect me to rescue you! "

"Whether it bites me or not, that's none of your business! "

Brownie started barking again, as if aware that his mistress was offended. The young man shook the white duck in his hand at the dog. "Hey there! What's wrong with you?" Then he walked away. Brownie would have chased angrily after, but Emerald cried, "Quiet, Brownie! Never mind him! " She meant that a fellow like this was beneath their notice, but the young man took her words in good part and laughed heartily as he was lost to sight.

Presently a man with a torch made of old cordage approached from the waterfront, waving his torch and calling Emerald's name. But when he reached her the girl saw he was a stranger. He told her the ferryman couldn't come for her but had sent a message asking her to go straight home. Since he brought word from her grandfather, Emerald let him lead the way with his torch while Brownie circled round the pair of them as they skirted the city wall and made for the ferry. Emerald asked how he had known where she was. He said Number Two had told him. He worked in Number Two's house and would have to go back as soon as he had seen her to the ferry.

"How did Number Two know where I was? "

"He saw you on the wharf when he came back from catching ducks. Said he asked you to wait in our house, but only got cursed for his pains! And your dog took him for a bad lot and kept on barking! "

"Who is Number Two? " she asked in astonishment.

"Don't you know Number Two?" It was his turn to be astonished. "Nuosong, of course. The Yue Yun of the waterfront. He told me to see you home."

Nuosong's name was so well-known in Chatong that Emerald, abashed to have sworn at him, said no more but followed the torch-bearer in silence.

Soon they rounded the hill and saw the lights in the hut across the stream. That same moment her grandfather saw the torch and promptly brought the boat over, calling gruffly, "Emerald! Is that you, Emerald?" His granddaughter made no answer but whispered to herself, "No, it's not Emerald. Emerald's been eaten by the big fish in the river." Once she was aboard, the man with the torch turned back. Pulling on the hawser, her grandfather demanded, "Why don't you say anything, lass? Angry with me?"

She just stood in the stern without a word. But once home her indignation melted away when she saw the other old man in a drunken stupor. Some secret reflections, though, kept her quiet and thoughtful the whole of that evening.

5

Two years have passed since then.

Both years saw moonless Mid-autumn Festivals, so that the young folk could not stay up all night, as the custom in this border region is, to watch the moon and sing; and accordingly both festivals made little impression on Emerald. Each Spring Festival, though, lion dances and processions of dragon lanterns were arranged by the garrison and villagers from the countryside around; gongs and drums made a cheerful din at the ceremony to welcome spring, while on the evening of the fifteenth the troops, stripped to the waist, performed dragon and lion dances and were welcomed everywhere by fire-crackers and fireworks. In the barracks, the residence of the chief of Customs and some of the larger shops on the waterfront, they prepared fireworks by cutting lengths of bamboo or hollowing out the stems of coir palms and filling eight hundred or a thousand of these tubes with nitre, sulphur and charcoal. Bold soldiers bent on pleasure marched in a gay procession with lanterns and drums, while bundles of fire-crackers on long poles rained down upon their naked arms and shoulders, and the frenzied beating of gongs and drums added to the general excitement. After a burst of firecrackers, they lit the fuses of the big fireworks tied to the legs of stools in the square. Then sizzling white streaks of light shot up two hundred feet with a roar like thunder, to sprinkle the whole sky with sparks as they came down. The spectators ducked nervously yet joyfully. But the soldiers paraded their lanterns through the shower of sparks most splendidly unperturbed. Emerald and her grandfather watched and shared in the excitement; yet the impression left on her was less vividly sweet than her recollection of that earlier Dragon Boat Festival.

Under the spell of this memory, she went to the river to watch the last dragon-boat race; but just when everything was most exciting, it started to rain and everybody was soaked. To shelter from the rain the ferryman took her and Brownie to Shun Shun's house, where they found themselves a corner. Someone walked past carrying a stool, and Emerald recognized the man who had escorted her back with a torch.

"Grandad!" she whispered. "That's the man who saw me home that year. He led the way with a torch like an outlaw from the hills. "

Her grandfather said nothing, but next time the man passed he seized him and called with a laugh.

"Hey, there, outlaw! You wouldn't come in and have a drink with me. Afraid I'd poison a big man like you, eh? "

When the other recognized the ferryman, he grinned. "You've grown, Emerald," he remarked. "Number Two said the big fish in our river would eat you. Now none of our fish here could swallow you. "

The girl said nothing but dimpled.

Number Two was nowhere to be seen, however. From the men's conversation, Emerald learned that he was spending this festival six hundred *li* away at Green Wave Rapids in the middle reaches of the Yuan. She met his elder brother, though, and the celebrated Shun Shun. Number One brought home a duck he had caught in the river, and when the old ferryman remarked on its plumpness, Shun Shun told his son to give the bird to Emerald. Moreover, knowing that she and her grandfather lived in too humble a way to make *zong zi*[①] for the festival, he gave them a great bundle of pointed *zong zi*.

While the famed wharf-master and her grandfather were talking, Emerald kept her eyes on the river; but this did not stop her from catching every word. Observing that she had grown into a lovely girl, Shun Shun asked her age and whether she were betrothed. Her grandfather, in high good humour, spoke of Emerald in glowing terms but said nothing about her marriage, as if this could be no concern of anyone else.

Going home, he carried the duck and other things while she led the way with a torch. They skirted the city wall, walking by the river. "Shun Shun's one of the best," said her grandfather. "Open-handed. And Number One is a good youngster too. It's a fine family! "

"Do you know the whole family? "

He missed the point of this question and because he was in such good spirits asked impulsively, "If Number One wanted you, lass, and sent over a go-between, would you have him? "

"Are you out of your mind, grandad? Don't talk such nonsense! "

The old man kept silent, but he was obviously turning over this ridiculous notion in his head. In her annoyance Emerald raced on in front, swinging the torch from side to side.

"Steady on, child! If I fall into the river, this duck will get away. "

---

① Glutinous rice wrapped in palm leaves, often stuffed with sweetmeats, always eaten during the Dragon Boat Festival.

"Who wants their duck? "

Knowing why she was annoyed, the old man sang the shanty of oarsmen shooting the rapids. Though his voice was gruff, he sang clearly. Emerald listened, then halted suddenly to ask:

"Grandad, is your boat going down the Green Wave Rapids? "

Instead of answering, he went on singing. Both knew that Number Two was at Green Wave Rapids, but neither guessed what was in the other's mind. Without further speech the old man and girl made their way home. At the ferry, his substitute had the boat waiting. They crossed to the hut and stripped off the wrappings round the *zong zi*. After the meal the other man rose to leave, and Emerald made haste to light a torch for him. When they had crossed the stream, she and her grandfather stood in the boat while their friend climbed up the hill.

"Grandad! " said Emerald. "Watch the outlaw climb the mountain! "

The old man, his hand on the hawser, kept unseeing eyes on the mist rising from the stream, and a soft sigh escaped him. Having pulled the barge gently back to the other side, he told Emerald to go on in while he waited there, for during this festival there were bound to be villagers coming back in the dark after watching the race in town.

6

One day the old ferryman has words with one of his passengers, refusing to take the money which this paper merchant proffers. The latter insists till the old man takes offence and forces him to pocket his cash. But once across, the fellow leaps ashore tossing a handful of coppers on to the boat, then hurries off grinning broadly. The ferryman has to hold the boat till the others have disembarked, so he cannot give chase. He shouts to Emerald, who is on the hill:

"Nab that paper merchant, Emerald! Don't let him go! "

The mystified girl and Brownie block the man's way.

"Please let me pass! " he says, smiling.

"No! You stop here! "

Another merchant, coming up, explains the situation. Then Emerald clutches the man's gown, saying: "No, you don't!" To show his agreement, Brownie sets up a furious barking. The rest of the travellers laugh: they are all held up. Along comes the ferryman, panting, to thrust the coins into the offender's hand and stick a sheaf of tobacco on his load, after which he rubs his hands, smiling, and cries, "Go ahead! You can be on your way!" Amidst laughter, the merchants proceed.

"I thought that man had robbed or quarrelled with you, grandad," says Emerald.

"The fellow thrust a whole fistful of money at me. When I said I didn't want it, we had words. That's no way to behave! "

"Did you give it all back? "

He purses his lips and shakes his head with a knowing wink, then extracts from his girdle the ten-cent coin he has kept and gives it to her, saying:

"It's not the gift but the thought that counts! I kept one coin. He got my tobacco, enough to smoke all the way to Zhengan Town. "

Drums are pounding in the distance again, and Brownie pricks up his ears. Emerald asks her grandfather if he can hear anything. After listening for a minute, he recognizes the sound and says:

"The Dragon Boat Festival's come round again. Remember that fat duck Tianbao gave you last year? This morning Number One set off with a party to eastern Sichuan. He asked after you on the ferry. I dare say you've forgotten how it rained that day. If we go again, we'll have to come back by torchlight. Remember the torch we took to light our way? "

The girl's mind has been full of the festival two years before. In reply to this question, however, she shakes her head rather sulkily and says, "I'd forgotten. I don't remember a thing." What she means is: "Get along with you! Of course I remember. "

Her grandfather, knowing this, goes on, "The year before was even more of a lark, when you waited by the river all alone and nearly didn't come back. You were so late, I thought a big fish had eaten you. "

Emerald starts laughing softly.

"*You* thought a big fish had eaten me, grandad? No! That was somebody else's idea. I told you about it. All you cared about that day was getting your old crony from town to finish the wine in your gourd. What a memory you have! "

"My memory's not what it used to be. You're big enough now to go to town alone, lass, without being afraid the fish will eat you. "

"I'm big enough to stay and mind the boat."

"An old fellow like me ought to mind it. "

"An old fellow like you ought to rest. "

"I'm not too old yet, child, to fight a tiger!" He flexes his arms to show his firm, youthful muscles. "If you don't believe me, Emerald, just feel that! "

She looks in silence at his white hair and bent back. A trumpet blares some way off. She knows where the sound comes from and what it means. She makes the old man cross with her to the home side and climbs to the pagoda behind their hut to get the first possible glimpse of the bridal sedan-chair. Presently the procession arrives: two trumpeters, four sturdy villagers, an empty sedan-chair and a young fellow in new clothes who looks like an officer's son. There are also two sheep led by a boy, a vat of wine, a box of rice-cakes, and a porter to carry the gifts. Emerald and her grandfather follow this troop on board, and while the old man ferries across she stands by the chair to feast her eyes on its splendour and on the faces around her. Upon reaching the bank, the youth like an officer's son takes money wrapped in red paper from his embroidered waistband and hands it to the old man. Since this is a local custom, the ferryman has to accept. But taking money loosens his tongue. He inquires where groom and bride are from, then asks their names, then their ages. No sooner is his curiosity satisfied than one of the trumpeters mounts the bank and starts blaring away again, while the little procession begins climbing the hill. The old man and girl remain on the boat, but their hearts follow the trumpet a long way before returning.

Fingering the red paper package, the old man remarks, "This bride from Song Family Village is only fifteen."

Emerald knows what he means and says nothing, quietly tugging the barge back again.

Once across, she darts home to fetch a double-reed trumpet made of fine bamboo, and asks her grandfather to sit in the stern and play her *A Mother Sees Her Daughter Off,* while she and Brownie lie in the shade on the rock before their door watching the clouds in the sky. The days are lengthening. Before very long the old man falls asleep on his boat. Brownie and Emerald are fast asleep on the rock.

7

Three days before the festival Emerald and her grandfather agree that he shall mind the boat while she takes Brownie to Shun Shun's house to watch the race. After refusing at first, she agrees to this. But the next day she changes her mind, insisting that either both go or both stay with the boat. She is torn between wanting a bit of fun and concern for him, as the ferryman well knows. Why should an old fogey like himself spoil her pleasure? "What's wrong with you, Emerald?" he asks with a smile. "Going back on your word like that! I'm ashamed of you. A Chatong girl should stick to her word. None of this shilly-shallying! My memory's not so bad that I forget your promise the next minute." Though he talks like this he agrees with his granddaughter; but he dislikes anything that smacks of deceit. Since he says no more, Emerald asks, "If I go, who'll keep you company? "

"I'll have the boat for company. "

The girl knits her brows with a scornful laugh. "The boat, eh? That's all you think of! Your one treasure, grandad, is that precious boat."

The old man is thinking, "One day you'll be leaving me." But keeping his thoughts to himself, he goes to the small plot of scallions behind their hut.

Emerald tags after him.

"I'm not going, grandad. The boat can go while I keep you company. "

"All right, Emerald. If you won't go, I will. I'll wear a red flower and be an old country bumpkin going in to see the sights of the town."

The two of them laugh heartily at this and leave the dispute unsettled.

While the old man does some weeding, his granddaughter picks a big scallion to use as a whistle. When someone hails them from the eastern bank, she races down before her grandfather can go, jumps aboard and sets off quickly to meet the traveller. As she goes, she calls out:

"Sing something, grandad! Sing!"

Instead of singing, he waves to her in silence from the cliff.

The old man is worried, seriously concerned. His granddaughter has grown up.

Emerald is no longer a child. The slightest thoughtless remark sets her blushing. Time is ripening her, filling her heart with a new hunger. She loves to see young brides, painted and powdered, to repeat stories about them, to wear wild flowers in her hair, to listen to songs—already she thrills to the plaintive Chatong serenades. Sometimes, as if disinclined for company, she sits all alone on a rock staring raptly at a cloud or star in the sky. If her grandfather asks what she is thinking about, she looks confused and retorts: "I was watching a duck-fight"—in other words, "Nothing in particular." But at the same time if she questions herself, the answer is: "My thoughts were far, far away. But I don't know just what I was thinking about." She dreams, but cannot put her dreams into words. She is blooming like a flower and has reached the age when each month something wonderful and mysterious happens to her, making her pensive and dreamy.

Her grandfather knows what this means to a girl, and it affects him too.

Although he has lived close to nature for seventy years, there are some natural happenings he hardly knows how to cope with. The fact that Emerald is growing up reminds him of events long past which have been hidden behind more recent happenings. These memories weigh heavily on him.

Emerald's mother was exactly like her: the same long eyebrows, big eyes, rosy cheeks. The same pretty ways to steal her father's heart, whether by the flutter of her eyelashes or her quick intelligence. You'd have thought the girl could never bear to leave home. But then, as ill luck would have it , she met that soldier. And in the end she left her father and child to follow her lover to the grave. In the ferryman's view, no one was to blame, the whole fault lay with Heaven. He neither storms against Heaven nor reproaches man, though his heart revolts against their unhappy fate. He is still too young, in this respect, to resign himself to the inevitable. It seems too unjust that this should happen to him.

But now there is Emerald. If she goes the same way as her mother, can he bring up another little orphan? Man proposes, god disposes! He has reached the age to rest. He has surely had his share of the hard work and misfortune that are the lot of good Chinese country folk. If there really is a Jade Emperor up in the sky, with hands skilful enough to control the whole of creation, obviously the fairest, most reasonable thing would be to take him first, leaving the young to the happiness or sorrow that fall to their share in life.

But this is not the old ferryman's view. He takes such thought for Emerald that sometimes he lies on the rock at his door staring up at the stars as he ponders her predicament. Death cannot be long now in coming. The very fact that Emerald is nearly a woman shows how old he himself has grown. But come what may he must fix things up for the girl. Her poor mother has left her in his charge, and now the child has reached the age when he must find a trustworthy husband for her and tie everything up neatly to finish his job. Who is the right man? What sort of fellow will treat her decently?

A few days previously, when Tianbao took the ferry, the frank, impetuous youngster's first words to the old man were:

"Uncle, your Emerald's grown into a fine girl, a regular Guan Yin[①]. In a couple of years, if I'm able to roost in Chatong instead of flying off in all directions, I'll come to this stream every night to serenade her!"

The old man greeted this outspoken avowal with a smile. As he hauled the boat, he kept his small faded eyes on Number One, as if to say: "Words spoken in jest may be taken in good earnest. I'm not angry. Go ahead."

Number One went on :

"Emerald's so lovely, I'm afraid all she's fit for is listening to our Chatong songs, not running a house like one of our Chatong girls. I want a sweetheart to listen to my songs, but I need a good wife who'll manage my household well. I want to eat my cake and have it. That's me!"

Slowly the old man manoeuvred the boat round till its stern was level with the bank, before replying:

"Stranger things have happened, Number One. Wait and see!" Just what exactly might happen he did not say.

After Tianbao's departure the old man, both worried and pleased, chewed over the young fellow's frank declaration. He must find Emerald a husband who will care for her. But will the girl agree?

---

① The Goddess of Mercy.

8

A fine rain sets in at dawn on the fifth, the water upstream has begun to rise, and the whole river turns pea-green. In a palm-fibre cape the ferryman leaves for town with his shopping basket, his big gourd for wine and a pouch holding six hundred coins over his shoulder. Because it is a festival, crowds of villagers have risen early to go into town with goods to sell and money for purchases. Emerald, left in charge of the boat with Brownie for company, puts on a new straw hat and ferries load after load of passengers. Brownie sits in the bow and adds to the general amusement by leaping ashore with the rope the moment they touch land. Some villagers have brought their own dogs along. But a dog becomes a different creature away from home and, even at their masters' side, these look meek and mild. Brownie pads over to sniff at them on the boat till reminded by a glance from Emerald that he must behave. Once he has finished his work with the rope, However, he follows any strange dogs up the hill, frisking round them of barking playfully at their owners. "Here, Brownie!" Emerald shouts, stamping her foot. "Are you off your head? We've work to do!" Then he slinks back and sniffs all over the deck. "What's the fuss about?" Emerald asks. "Who taught you to carry on like that? Lie down!" At once Brownie flops down obediently in his place, barking softly, reminiscently, from time to time.

The rain comes down steadily, the stream is misted over. In intervals between her work Emerald visualizes what her grandfather must be doing. She knows where he is going, whom he will meet, what he will say, what the city gate and waterfront will be like today. She can see it all distinctly in her mind's eye. She knows all her grandfather's ways. Upon meeting any acquaintance, he will give the traditional greeting: "Here's to good eating and drinking, friend, today!" The other will generally answer, "The same to you, ferryman!" But if the reply is: "Not likely! Four ounces of meat and two bowls of wine aren't enough to fill my stomach or make me tipsy," her grandfather will beg the man to come and drink all he wants at Green Stream. If asked for a drink from his gourd, the warm-hearted old man makes haste to hand it over. If soldiers of the garrison lick their lips and praise the wine, they are urged to take another swig. Since the gourd soon empties this way, he runs back to the shop to get it filled again. He also goes to the wharf to talk to the boatmen on junks newly arrived and inquire the price of oil and rice down river. Sometimes he creeps into the cabin redolent of kelp, fish, oil, vinegar and smoke; the boatmen like to give him a handful of red dates from their store, dates which make up to Emerald for his tardy return. Merchants on the waterfront give him *zong zi* and other good things in appreciation of his faithful service. They force him to take these for all his laughing protests: "My old bones will give way under such a load!" And when he goes to buy a little pork, no one asks him for money. If he threatens to take his custom elsewhere, the butcher retorts: "Why be so difficult, grandad? I'm not trying to kill you!" But no, to him this is almost like blood-money. He reckons up the price and stuffs the coins hastily into the till, then walks off with the meat. The butcher, knowing him, chooses the best cut and gives him overweight. "Hey, boss!" the ferryman cries.

"Let's be fair! You don't have to do me any favour. The leg's for educated men in town who want to fry tender slivers of meat with their fish. A fine fool you're making me look. The scrag end will do for a boatman like me. All I want's a hunk to stew with carrots to go with my wine." Then, taking the meat, he hands over the money he has counted out and asks the butcher to check it. The latter does nothing of the sort, just dropping the coins with a clatter into the till. Then the old man walks off beaming, leaving the butcher and other customers laughing...

Her grandfather is bound to call on Shun Shun too.

Going over both festivals in her mind, happily savouring all she has seen and heard, Emerald has the same sensation as when she closes her eyes in bed in the morning and sees a yellow sunflower just out of reach. Something exciting lies ahead, as yet indistinct and intangible, but too lovely to let go.

"Is there really a tiger at White Cocks'-comb?" she wonders, for no apparent reason. White Cocks'-comb is over two hundred *li* away, in the middle reaches of the You.

Then she thinks: "Thirty-two men pulling on six great oars, stamping their feet and singing... When there's a wind they hoist a big sail made of a hundred lengths of white cloth. What fun to cross Lake Dongting in a boat like that..." She has no idea of the size of Lake Dongting and has never seen such a large boat. For the life of her, she cannot explain this strange fancy.

More people arrive: coolies, government runners, a mother and her daughter. The mother is dressed in neat, freshly starched blue cotton; the girl's cheeks are rouged, her new finery fits none too well. They are off to watch the boatrace with friends in town. When all are aboard, Emerald starts across, her eyes on the girl who strikes her as thirteen or fourteen and a pampered creature who has never left her mother. Her freshly polished, pointed leather shoes are muddied.

Her pants of purple and green have a fancy border. She returns Emerald's stare from eyes as bright as crystal, in which shy embarrassment and friendliness mingle. The mother asks Emerald her age. She laughs and counters by asking her daughter's age. Told it is thirteen, she smiles. The woman is obviously a rich landowner's wife. The girl, Emerald notices with a stab of envy, is wearing flashing bracelets of chased silver. When they reach the bank and start trooping ashore, the woman presses a handful of coins on Emerald, who forgets her grandfather's injunction either to express thanks or return the tip, so busy is she watching the girl. The group has nearly reached the top of the hill when she overtakes them and gives back the money. "It's for you!" says the woman. But with a vigorous shake of her head before any more can be said Emerald runs off.

On the other bank men are shouting for the ferry. She goes over and finds seven passengers, two of them girls spruced up for the occasion but not really pretty. Not a patch, she decides, on the other.

Many people take the ferry today, including more girls than usual. As she pulls on the hawser she memorizes their faces: pretty, freckled, odd, sly or redeyed. When no one comes she waits for her grandfather, and when he fails to come she compares the looks of the girls and chants softly:

The tiger eats the captain's daughter first;

Most girls have gold and silver for their hair;

Poor Emerald is the one who comes off worst —

No trinkets, nothing but bean-sprouts to wear!

The next passengers from town tell Emerald they have seen the old ferryman at the door of a tavern on the waterfront, offering his newly filled gourd to a young boatman. She smiles at the old man's ill-timed hospitality. The passengers gone, she stays on the boat, chanting the incantation to welcome spirits in the twelfth month:

Great gods above, look down on us!
Our lads are true and bold;
Our old folk drink, they toil and sleep,
Our babes stand hunger, cold.
Here oxen plough, ewes lamb, hens lay,
Girls weave and sing and look for love;
Stout door-gods guard each homestead here!
....
Come down, immortals, from above!
Ride gently through the clouds to earth below!
Sit steady, Chang! And Iron-crutch Li, go slow!

Abundance is your gift to men,
Propitious winds and timely rain;
Good rice and wine are laid for you,
And fat pork sizzling in the pan!

Sparrow-hawk Guo and Iron-spear Wang
Spare neither man nor beast;
Some kill and burn, some do no wrong;
Come one and all to feast!

So eat and drink and take your ease,
Then cross the moonlit river in the breeze;
We'll see the drunkards home and think no wrong,

And on the way strike up another song!

This gay, haunting melody has an undertone of sadness, making Emerald feel a pang of loneliness. Her thoughts fly to the bonfires and drumming in the fields to welcome the spirits at the end of autumn.

Meanwhile drums sound up in the distance. The long crimson dragon boats will soon be starting their race. A light rain falls steadily, the stream is misted over.

 9

The ferryman comes home laden with packages in time for the morning meal. From the top of the hill he calls out to Emerald to fetch him. So many people have gone into town, she has grown desperately impatient, but her grandfather's voice restores her good humour at once and she warbles: "Coming, grandad!" Once aboard, the old man plumps all his things in the bow, then helps Emerald ferry across, smiling at her sheepishly and ingenuously. "You must have thought I was never coming, eh?" But instead of scolding him, she teases: "I know what you were up to , grandad, standing drinks on the waterfront!" She knows he likes nothing better than a bit of fun in town, but she swallows the reproach on the tip of her tongue, not wanting to upset him.

Sizing up the packages in the bow, she sees his wine gourd has disappeared, and giggles.

"No one can call you stingy, grandad. You not only treat all your friends and the boatmen to drinks, but even let them swallow up your wine gourd."

"Nothing of the sort!" he retorts with a grin. "Shun Shun took my gourd away. When he saw me standing drinks down there, he said, 'Hey, this will never do, ferryman! You're not a brewer! If you want to live up to the heroes of

Liangshan, give me that gourd and let me drink the lot.' Those were his very words. 'Let me drink the lot.' So I handed over my gourd. I thought he was having me on. No lack of wine in his house, is there, Emerald?..."

"You think he was having you on? He didn't really want your wine?"

"That's it . But why?"

"That's easy. So that you wouldn't go on treating people right and left till all your wine was gone. Presently he'll send it over, see if he doesn't."

"You really think so?"

They have reached the bank now and Emerald makes haste to help him with the parcels. All he lets her take, however, are the fish and his embroidered pouch, no money in it now but a package of sugar and another of sesame cakes.

They have barely stowed the stuff away when someone hails the ferry. Warning Emerald to put the meat where wild cats cannot get it, the old man hurries down to the stream. He returns before long with his passenger, laughing and chatting. "You guessed right, Emerald!" he calls. "He's sent back my gourd!"

Before she can go out to the kitchen, in comes her grandfather with a dark, broad-shouldered young man.

She smiles at this youth while the old man goes on talking. The visitor smiles back. As if aware why, she slips into the kitchen to light the stove. When someone else hails the ferry she rushes down to the boat and takes it across. Then another passenger comes. In spite of the rain, far more people are out than usual. Emerald makes three trips, wondering as she works the boat what her grandfather is looking so pleased about. The young man who has brought the gourd has a strangely familiar face. Where can they have met? Unwilling to trouble her head about him, she gives up trying to guess.

"Emerald!" calls her grandfather from the cliff. "Come up and rest and keep our guest company." She has been meaning to go back and light the fire, but at this she pretends not to have heard the summons.

When the visitor asks if they mean to watch the race, the ferryman says, "I must mind the boat. So many folk are going into town today." They talk for a while of other things. Then the young man says what is uppermost in his heart:

"What a pretty girl your Emerald's grown into, uncle!"

Smiling, the ferryman thinks, "He's just as outspoken as his brother!" He replies, "If anyone hereabouts should be praised for looks, it's you, Number Two! 'Brave as a panther, handsome as a cock'—that's you!"

"Not a bit of it."

"Why not? I heard them say you saved three men's lives when your junk foundered in the rapids at White Cocks'-comb below the gorges. You spent the night ashore, and the village girls after one look at you serenaded your hut all night. Is that how it was?"

"It wasn't girls serenading us but wolves howling! That part's known for its wolves. They were out to get us. We had to keep big fires going to scare them away."

"Better still!" The old man laughs. "Folk say wolves eat only girls, children and handsome lads of eighteen. One sniff at my old carcass and off they'd go."

"You've seen many summers here, uncle," says Number Two. "Outsiders say there's something about our district that produces outstanding men. Why have we none now?"

"Men who make a name? I don't care if we've none of those. We've intelligent, honest, brave, hard-working youngsters—that's good enough for me. Men like your father and the two of you are a credit to us here."

"I agree with you, uncle. We don't turn out rascals but good fellows like you.

At your age, you're still sturdy and sound as a *nanmu* tree, steady, decent and open-handed—that's something to be proud of."

"Don't talk about an old crock like me. I've had my share of sun and rain, long journeys and heavy loads. I've had my fill of food and drink, as well as hunger and cold. Soon I'll be lying in the clammy ground, food for the worms. The world belongs to you youngsters. Just do your best and it won't let you down. But don't let the days go by in vain."

"You set up an example of hard work, uncle, we young ones won't let the days go by in vain."

Presently Number Two says he must go, and the old man walks to the door to call Emerald to get their meal while he sees to the ferry. She refuses to come and the young man boards the boat. As she casts off, her grandfather scolds, "Aren't you coming back? Expect me to turn housewife and cook? That's your job, lass!"

Glancing out of the corner of her eyes, Emerald finds that the young man is watching her. She turns her head, pursing her lips without a word, and self-consciously sets to work. As the boat glides slowly across, Number Two stands in the bow and says:

"After lunch, won't you come with your grandad to our house on the water-front to watch the race?"

Forced to make some reply, she answers, "Grandad says he's not going. There's no one to mind the boat."

"What about you?"

"I shan't go unless he does."

"You're going to mind the boat?"

"I'll stay with my grandad."

"Suppose I get someone to come and take your place?"

The prow grates on the bank as the boat draws alongside. Number Two jumps ashore and turns on the slope to say:

"Much obliged, Emerald!... I'll go back and send someone along. Hurry up with your meal, then come over to see the race. There's a good crowd today. Things are going to be lively."

Emerald wonders why he should insist on inviting them. Dimpling, she ferries back. Reaching home, she sees the young man standing on the opposite hill as if still waiting for something. She goes into the kitchen to light the fire, and as she puts damp straw in the stove asks her grandfather, busy sampling the wine just brought:

"Grandad, he says he's going back to find someone to mind the boat while we watch the race. Will you go?"

"You want to?"

"If we both go. I liked that young man. I'm sure I've seen him before. What's his name?"

The old man thinks: "Good, he likes you too!" He chuckles. "Don't you remember a young chap on the waterfront two years ago who said the big fish would eat you?"

Emerald understands in a flash, but pretending not to she repeats: "Who is he?"

"Can't you think? Have a guess."

"How can I guess? Chang the Third or Li the Fourth?"

"He's Wharf-master Shun Shun's second son. He remembers you even if you don't remember him!" The old man smacks his lips as if savouring something else as well as the wine. "Very good!" he murmurs. "Luck's with us."

A shout sounds from the ferry. Still muttering, “Good, luck's with us,” he hurries down to the boat.

10

They are at table when the next summons comes and Emerald, hurrying to the other bank, finds the boatman sent by Shun Shun to take over. He tells her: "Number Two's gone down to the river. He wants you to go straight from your meal to his house." He repeats this message word for word to the ferryman.

Straining her ears, Emerald catches louder drumming in the distance which conjures up visions of the narrow boats shooting forward from Changtan, leaving long, beautiful wakes. What a glorious festival this is!

The newcomer takes his place on the boat, refusing all offers of tea and wine with a firm shake of his head.

"Suppose I don't go, Emerald, but you take Brownie?" suggests the ferryman.

"I don't want to go without you."

"And if I go?"

"I hadn't meant to go, but I'll keep you company."

The old man chuckles. "Come on then, lass, and keep me company. Mind you don't lose me!"

They make their way to the river bank and find it crowded with people. The rain has stopped but the ground is damp. Her grandfather urges her to watch from the wharf-master's house on stilts, but for some reason Emerald chooses to stay where she is. Before long, though, Shun Shun sends men to invite them in. His house is fairly full. The landowner's wife and daughter who caught Emerald's eye this morning are seated as guests of honour at the two best windows. The girl, noticing Emerald, cries, "Come over here!" Emerald goes shyly over to sit on the bench behind her. A little later her grandfather wanders off.

Instead of watching the race, the old man lets a friend take him half a *li* upstream to see a new watermill. He is fascinated by this mill built on the water's edge, a hill behind it. A round millstone is attached to a hardwood axis and slightly tilted over a stone receptacle. When the sluice-gate opens, the current sets the lower wheel turning and the millstone revolves rapidly above. The man in charge needs only to pour unhulled paddy into the receptacle and take out polished rice which he sifts in rectangular sieves to separate the bran. Bran lies everywhere, underfoot as well as over his shoulders and white turban. In fine weather he cultivates little plots of turnips, cabbage, garlic and scallion nearby. If his dam caves in, he whips off his trousers and wades into the river for pebbles to mend it. Once he has a good solid embankment, he can fix up a small fish pond. In high water fish will sweep over his dam, caught without his lifting a finger! Obviously the job is more interesting and varied than looking after a ferry. But no ferryman can dream of owning a mill like this. All the mills in these parts belong to landowners. The ferryman's friend tells him who the owner is as they chat and look around.

"They take it easy up there in the Zhongzhai hills," he says, kicking the new millstone. "But they like to buy property down here by the river. This belongs to Captain Wang of Zhongzhai. Cost him seven hundred strings of cash."

Envious and admiring, the ferryman's small eyes are taking in and sizing up everything there. Nodding his head he makes appropriate comments on every object in the mill. As the two of them sit down on a freshly planed bench, his friend tells him this mill will most likely be the dowry of the captain's daughter. That reminds him of Emerald and a commission he has.

"How old is your Emerald, uncle?"

"Foureen, getting on for fifteen." Her grandfather casts his mind back.

"She's a capable lass for fourteen. Whoever gets her is a lucky man."

"Lucky? She's no mill as dowry. Nothing but herself."

"That's no way to talk. A pair of clever hands is worth five mills. Didn't Lu Ban build Luoyang Bridge with his two hands?..." Having refuted the old man, he laughs.

The ferryman is smiling too, thinking, "I don't see Emerald building any Luoyang Bridge."

The other goes on presently:

"Our Chatong youngsters have sharp eyes when it comes to choosing wives. Mind if I tell you a joke, uncle?"

"What joke?"

"You can take it in earnest, if you like."

"So he's acting as go-between!" thinks the old man. "Well, go on."

It seems that Shun Shun's Number One is very much taken with Emerald and has asked this fellow to sound out the ferryman. He ends by explaining, "I asked: 'Are you joking, Number One, or in earnest?' He said, 'Go and sound out the ferryman. I love Emerald and want to marry her—I'm in earnest.' I told him, 'I'm blunt and tactless. Suppose I put my foot in it and the old man bashes me?' He said, 'Start off as if you were joking and he won't bash you.' That's why I told you it was a joke, uncle. Think it over. He'll be back on the ninth. What answer shall I give him?"

The old man, recalling what Number One has told him, knows the lad is in earnest and that Shun Shun is partial to his granddaughter too. His spirits soar. But according to local custom, no proposal can be seriously considered till the suitor has sent over gifts of cakes. He says, "When he comes back tell him: 'After listening to your joke, the old codger told one of his own.' He said, 'Chess has its rules: the castles and knights have to move in different ways. If Number One wants to be a castle, he can get his father to approach me through a go-between. If he wants to be a knight, he can stand on the hill opposite our hut and serenade Emerald for three years and six months. Then it's for the girl to decide.'"

"If singing for three years and six months will win Emerald's heart, I'll start serenading her myself tomorrow!"

"You think once the girl's willing, I might not agree?"

"No. If you're willing, Emerald is bound to agree."

"Not a bit of it. She's the one to whom it matters."

"Maybe. But the decision's up to you. Three years and six months of singing count less than a good word from you."

"I tell you what: When he comes back, get him to talk it over with his father. And I'll see how Emerald feels. If she chooses to be serenaded, you must ask Number One to take the knight's roundabout way."

"Good. I'll tell him, 'Number One, I wasn't bashed for my joke. The serious business now depends on your fate.' That's true enough. But I know very well you hold his fate in your hands."

"Don't say that, brother. If it was up to me, I'd clinch right away!"

This discussion over, the two of them go off to see a big new junk Shun Shun has bought. Meanwhile there have been developments in the wharf-master's house on stilts.

Emerald is a little uncomfortable for all the fine view she has behind the other girl. The spectators crowded round the other windows keep glancing away from the river at them both. Some even find pretexts to cross the room to have a closer look. Emerald wishes she had some excuse to run away. Soon guns boom over the river and a row of boats shoot out from the opposite bank. For a while four of these hold abreast like four arrows cleaving the water. Halfway across, two boats move into the lead, and before long one of these spurts ahead to be greeted by another salvo as it reaches the Customs House. The victorious crew belongs to the waterfront and fire-crackers near and far salute their triumph. They are rowing past the front now, greeted by a great rolling of drums and roar of approval from the river bank and houses on stilts. Emerald's eyes are on the red-turbaned cox in the bow, who is setting the course with his flags. That is Number Two who brought the gourd to Green Stream. Her thoughts fly back two years.

"Mind a big fish doesn't bite you!"

"Whether it bites me or not is none of your business!"

"All right, if that's how you feel."

"Never mind him, Brownie!"

She glances round to discover that the dog has gone and leaves her seat to find him, forgetting the lad in the boat.

As she searches through the crowd she hears snatches of conversation.

A fat-faced woman is asking, "Who's that girl in the best seat at the middle window?"

Someone answers, "The daughter of Landlord Wang up in the hills.

Watching a race is one way of looking the family over, and of letting them look you over! She's a lucky girl, all right!"

"Who's looking whom over?"

"Didn't you know? Landlord Wang wants her to marry into Shun Shun's family."

"Which son—Number One or Number Two?"

"They say Number Two. You'll see our Yue Yun soon. He'll be coming to pay his respects to his mother-in-law."

Another woman puts in, "It's a fine match they've fixed up. That girl's dowry is a brand-new mill by the river. A mill like that does the work of ten hired hands."

"Does Number Two like the idea?" asks someone else.

"No, he doesn't!" puts in another emphatically. "He says he doesn't want any part of that mill!"

"Were those Yue Yun's actual words?"

"So someone told me. Said Number Two's lost his heart to the girl at the ferry."

"Is he fool enough to choose a ferry instead of a mill?"

"Who knows? Every man to his taste. To him, a ferry-boat's better than a mill."

These gossips keep their eyes on the river so that no one notices Emerald just behind them.

The girl walks on, her cheeks burning, only to hear more comments on the same theme.

"It's all settled. Just waiting for Number Two to agree."

"Look at the form he was in today! He knew the eyes of a pretty girl were on him!"

What pretty girl? Emerald does not know what to think.

She is too short to see over the others' shoulders. The drumming is closer and louder now, and so is the shouting on the bank. Number Two's boat must be passing just below. The whole room starts cheering and yelling Nuosong's name. Someone next to Mrs Wang lets off fire-crackers. Then cries of dismay go up and people start rushing down to the river. Emerald wonders rather uneasily what has happened. Before she can decide whether to sit down again or stay where she is, a servant brings in a great dish of *zong zi* and sweetmeats for Mrs Wang and her daughter. At that she decides to slip out. But walking down the path beneath an overhanging salt shop, she runs into a group escorting red-turbaned Number Two, who has slipped and had a ducking. Although she shrinks back, the path is so narrow that the others brush her in passing. Number Two says:

"So you came, Emerald! Your grandad too?"

Blushing and silent, she wonders, "Where's Brownie got to?"

"Why don't you watch from my house?" asks Number Two. "I told them to keep a good place for you."

She is thinking, "A mill's not a dowry to be sniffed at."

Number Two cannot force her to go back and so they part, Emerald walking down to the river with very mixed feelings. Not indignant, no. Not anxious. Not happy either — what cause has she to be happy? Cross, that is it, cross with herself and others too. The river bank is jammed. Even the shallow water by the wharf, the junks moored near by and the pillars of the houses on stilts are swarming with people. "All this fuss about nothing!" she mutters. She searches the junk for her grandfather, but sees no sign of him. Squeezing her way back to the water's edge, she spots Brownie with one of Shun Shun's servants watching the fun from an empty boat a few dozen feet from the shore. Emerald calls the dog sharply a couple of times. Brownie pricks up his ears and looks round, then dives into the water and swims over. Reaching her side, sopping wet, he shakes himself before bounding up and down.

"Quiet, Brownie!" she cries. "Steady on! Your boat didn't capsize—why jump into the water?"

They set off together to look for the ferryman, and find him in front of a timber yard.

"Emerald," he tells her, "I've just seen a fine mill. Brand-new from the millstone and water-wheel to the thatch on the roof. The mill dam holds back a rapid stream and when the sluice-gates are opened the wheel turns like a whirligig."

"Whose is it? " she asks.

"It belongs to Captain Wang up in the hills. I've heard it's his daughter's dowry. They've pots of money. Cost seven hundred strings of cash to build, not counting the windmill and the tackle."

"Who's going to marry his daughter?"

He snorts with laughter. "Mind a big fish doesn't eat you!"

In spite of what she has heard, the girl persists: "Who's going to get that mill, grandad?"

"Yue Yun! Number Two!" Her grandfather goes on, half to himself, "Some people envy him. Some envy the mill."

"Who envies him, grandad?"

"I do, for one."

"You've been drinking again!"

"But Number Two says you're a pretty girl!"

"You're tipsy, grandad!"

"I'm not tipsy... Come on, let's go to the bank and watch them chase ducks. Pity I'm too old to dive in and catch one to broil with ginger." He is on the point of adding, "Number Two will surely give us the ducks he nabs," when there is Number Two before them, smiling at Emerald, who dimples and smiles back.

The three of them return to Shun Shun's house.

11

Sure enough, someone comes bearing gifts to Green Stream, the go-between sent by Shun Shun to approach the ferryman on behalf of his son. The sight of the cake in red paper flusters the old man, who quickly ferries the go-between across and takes him home. Emerald, shelling peas at the door, pays no special attention to the visitor. But when his very first words are "Congratulations!" she guesses what is afoot. Jumping up as if to shoo away the hens from their vegetables, whirling a bamboo cane she runs towards the pagoda.

After some preliminary small talk, the go-between gets down to business. The old ferryman twists his big gnarled hands in confusion, and while his whole attitude proclaims "This is too good to be true!" he says not a word.

The go-between, his message delivered, waits for an answer. Smiling and nodding, the ferryman says, "I'm glad Number One's chosen the straightforward way. But I must ask the girl and see what she thinks." Having seen the go-between off, he calls Emerald down to the boat.

She comes aboard holding a basket of peas and asks impishly, "What is it, grandad?" He chuckles and cocks his shaggy white head to look at her in silence for some minutes. Emerald sits down rather self-consciously and bends over her peas, while a golden oriole bursts into song in a far-away bamboo grove. "The days are long now," she thinks. "And grandad takes a long time coming to the point!" Her heart is beating fast.

"Well, Emerald, " says the old man presently. "Do you know what that fellow came for?"

"No, I don't." Her face and neck flush red.

Her grandfather guesses her feelings. His eyes on the horizon, he sees Emerald's mother as she was sixteen years before and his heart aches for her. "Boats have a wharf, birds have a nest," he murmurs. Though his heart bleeds for his dead daughter, he forces a smile.

Meanwhile the song of the orioles and nightingales in the hills, the thud of the woodcutter's axe in the bamboo grove, have set Emerald's thoughts racing back over all she has seen or heard: the stories of man-eating tigers, the four-verse folk-songs sung by two rivals, the square pit in a paper-mill, the molten iron that spatters from the forge... She is trying to close her eyes to the choice before her, has not, indeed, grasped exactly what is involved.

"Emerald," says her grandfather, "Wharf-master Shun Shun sent a go-between over to ask for you to be his daughter-in-law. I'm old, with one foot in the grave, of course I'm willing. But this is your affair. Tell me what you think. Either way you choose is all right with me."

She has no idea what to say. Trying to collect herself, she shoots an appealing glance at her grandfather. Without knowing more, how can she answer?

"Number One's got the makings of a fine man," says the old ferryman. "He's straight and big-hearted. He'd make you a good husband."

So the go-between came from Number One! Emerald's heart misses a beat, her cheeks burn. Unable to look up, she goes on shelling peas, flicking the empty pods into the water as if watching them float lazily away will help her get a grip on herself.

When she makes no answer, her grandfather laughs. "Think it over for a few days, child," he says. "Luoyang Bridge wasn't built in a day. You've plenty of time. The first time this fellow broached it to me I said: Castles and knights have different moves. If you want me to decide, send a go-between over and do it the straightforward way. If you want Emerald to decide, let him serenade her for three years and six months—the roundabout way. If you like the knight's way, child, I'm sure he'll sing you fiery songs under the sun and sweet songs in the moonlight—singing like a nightingale till he spits blood!"

Emerald cannot speak. For no reason, she wants to cry. The old man goes on to talk of her dead mother. Then at last he falls silent. Stealing a glance at him, she sees to her dismay that his eyes are red. "What's the matter, grandad?" she whispers. He simply kneads his eyes with clumsy fists. Then, laughing like a boy, he leaps ashore and hurries home.

Emerald is too flurried to run after him.

The sun after rain strikes hot on her shoulders and head. The rushes and willows by the stream and the vegetables in their plot are growing in rank profusion. Green locusts are flitting through the grass, their wings whirring. The shrilling of small cicadas in the branches has not yet swelled into a mighty chorus but it is gaining strength. Among the vivid emerald bamboos on both hillsides, orioles, nightingales and lesser birds are warbling. Drinking all this in, the girl lets her thoughts wander:

"Grandad's seventy this year... Three years and six months... Who gave us that white duck?... Lucky man to get the mill, and lucky mill..."

In a pet she jumps up. Her peas drop into the water. And as she reaches down to recover the basket, someone hails the ferry from the further shore.

12

The next day in the vegetable plot her grandfather asks Emerald for her answer. Her heart pounding, she hangs her head and goes on weeding the scallion bed in silence. The old man smiles as he thinks, "Better wait. If I say any more she'll have the whole bed up!" A shrewd suspicion that she is unwilling makes him hold back. With a joke, he changes the subject.

Each day now is hotter than the last. When the warm weather starts just before the sixth month, the ferryman lugs out a dusty earthenware pitcher from a corner and in his spare time makes a round wooden lid for it. He saws wood for a three-legged stand and hollows out a big bamboo to serve as a dipper. After this pitcher is moved down to the bank, it is Emerald's job to boil a large pan of water every morning to fill it. Sometimes they brew tea, sometimes just put in some of the scorched rice from the bottom of the pan. The old man also, according to his custom, keeps handy various herbal remedies for stomach-ache and boils. These he presses upon anyone who passes that way looking unwell, explaining that he has learned these cures from the doctors in the army hospital in town. Bare-armed he stands all day long on his snub-nosed barge, generally bareheaded, his short white hair gleaming like silver in the sunlight. Emerald runs about singing as merrily as before, or sits under the tree in front of the hut playing her flute. The old man seems to have forgotten Number One's proposal, and of course the girl makes no reference to it either.

Before long, however, the go-between comes back and the ferryman sends him off just as before with the reply that it all depends on Emerald. He takes it up with her again but draws a blank.

What the snag is or how to get round it he does not know. He lies awake at nights thinking things over, till it dawns on him that perhaps she loves the younger brother, not the elder. Soon convinced that this is the case, he smiles an unnatural smile to hide his dismay, worried by the sudden realization that Emerald is exactly like her mother and may come to the same end! Assailed by old memories, he cannot sleep. He slips out of the house to the cliff above the stream and gazes up at the stars, while around him crickets and other insects shrill. It is long before he can sleep.

Emerald, of course, has no idea of this. Her days are divided between work and pleasure, and although a secret influence difficult to define is at work within her, at night she sleeps as soundly as ever.

But things cannot go on like this indefinitely. The peace of their uneventful life is soon to be irrevocably shattered.

In the wharf-master's house Number Two, learning of his elder brother's intention, takes Number One into his confidence. Both brothers, so devoted to each other, have fallen in love with the ferryman's granddaughter. That is nothing strange in these parts, where folk have a saying: There is no place on earth where fire cannot spread, water flow, sun and moon shine, or love make its way. There is nothing extraordinary in the rich wharf-master's sons losing their hearts to a poor girl. The problem is whether, to decide which shall have her, the two brothers should fight it out as is so often done in Chatong.

The brothers neither come to blows nor step aside for each other in the ridiculous way that city weaklings cede to rivals in love.

They have gone to a dockyard upstream to see their father's new junk, and standing beside the vessel Number One confides in Number Two, adding that it is two years since he fell in love. Number Two hears him out with a smile. From the dockyard they set off to Landlord Wang's new mill. As they come in sight of it, Number One remarks:

"You're the one with the luck, Number Two! Captain Wang's son-in-law will have a mill. If all goes well, I ought to take over the ferry for the old man. Suits me. I've a good mind to buy both those hills by Green Stream and plant bamboos all round to make a small kingdom of my own!"

Number Two listens in silence, just swinging his scythe at the grass by the road. In front of the mill he stops to ask his brother:

"If I told you she's got a sweetheart, would you believe me?"

"No!"

"But you do believe this mill is going to be mine?"

"No."

They walk inside.

"Look here, " says Number Two. "Suppose I tell you I don't want this mill but mean to have that ferry-boat—for two years I've wanted it—would you believe it ?"

Really staggered now, Tianbao stares at Nuosong perched up on the hardwood axle and knows he is telling the truth. He lunges forward as if to topple him down. With an understanding smile, he cries, "I believe you!"

Number Two looks him straight in the eyes and tells him frankly:

"You've got to believe me, brother. I've had this in mind for some time. If they agree, no matter what our father says, I mean to get that ferry-boat—what about you?"

"I've already spoken to dad and he's sent a match-maker to propose it." Since this makes him cut a poor figure, he hastens to add, "The old man says there are two ways of going about it—the castle's and the knight's. I chose the castle's way—it's more direct."

"And then?"

"Nothing's come of it yet. The old fellow hasn't given a definite answer."

"What's the knight's way?"

"To sing by the stream for three years and six months. If I could win Emerald's heart that way, I should have her."

"That's not a bad idea."

"Yes, for a tongue-tied fellow some things are easier to sing than to say. Still, it's no use to me. I'm no song-bird. But, Heavens above! Does he want her to marry a gurgling water-wheel or a proper man?"

"What do you mean to do, then?"

"I'm going to ask the old man for a straight answer: Yes or No. If it's No, I'll sail with the next boat to Taoyuan. If it's Yes, I'm willing to take over his job for him."

"How about singing?"

"That's more in your line, Number Two. If you want to be a song-bird, go ahead. I won't stuff horse-dung in your mouth."

Number Two can tell from his manner how upset his brother is. He understands Number One, who has the rough bluntness typical of Chatong. He will do anything for a fellow he likes but have no truck with someone he despises, not even if the man were his uncle. It has crossed Number One's mind that if the castle's way fails he might try the knight's; but after Number Two's frank avowal he realizes that he cannot compete here with his brother. His face is knotted with anger and resentment.

Number Two proposes that both of them go to Green Stream at midnight, not letting on that there are two of them. They can take it in turn to sing, and the first to get a response can go on serenading the ferryman's granddaughter. Number One has not much of a voice—Number Two will take his place when his turn comes to sing. Leave it to fate to decide, he says, that is fairest. But Number One does not want his brother to sing for him though he knows he is no singer. His younger brother is such a romantic, however, he insists that this method of his is the fairest.

Number One thinks it over with a wry smile. "I'm no songster, confound it! Why should you warble for me? All right, then, we'll take it in turn. I don't need your help—I'll paddle my own boat. No one likes the owl's hoot, but when he calls for his mate he doesn't ask any other bird to help!"

Having reached agreement, they consider the date. This is the fourteenth. Tonight and the next two nights there will be a full moon. It is midsummer, the nights are pleasantly cool. They will dress in white as the local custom is and climb the hill in the moonlight to serenade the girl of their dreams. When dew falls, their throats are parched, and it is time to go home, they will make their way back by the fading light of the moon. Or when they come to a mill that works all night they can lie down to sleep in a warm barn till dawn. It all sounds quite simple and natural, although neither of them knows what the upshot will be. They will start tonight on this contest sanctioned by custom.

13

At dusk Emerald sits behind their hut at the foot of the pagoda watching fleecy clouds turn peach-blossom pink in the sunset. The fourteenth is market-day at Zhongzhai and scores of merchants going there from town to buy goods keep the ferry busier than usual. Her grandfather has been kept on the go all day. As evening draws in the birds return to their nests. Only the nightingale sings on and on. Heat vapour is rising from the rocks and soil, the grass and trees which have baked in the sun all day. The air is redolent of mud, plants and insects. As Emerald watches the red clouds in the sky and listens to the murmur of voices from the ferry, a faint sense of desolation creeps over her.

Dusk is as tender, lovely and tranquil as ever. But anyone brooding over the evening scene is bound to have a faint sense of desolation. Then the day appears in a melancholy light. The girl growing to womanhood is conscious of something missing in her life. Soon another day will be gone beyond recall. Life is unbearably dull. She starts to dream.

"If I could take a boat to Taoyuan and see Lake Dongting! Grandad would search the town for me, beating a gong and shouting my name, carrying a torch to find me."

It would seem from this fantasy that she bears the old man a grudge, for she imagines him lying helplessly down in his boat when the search proves in vain.

Someone shouts, "Hey, ferryman! What's the matter? Ferry me over!" "What's the matter? My Emerald's run away to Taoyuan!" "What are you going to do about it?" "I'm taking the next boat down to kill her with a chopper!"

Emerald shivers as if this were true and runs down to the stream calling her grandfather. He has just pulled the barge into midstream. The passengers are talking cheerfully. Still the girl's heart is going pit-a-pat.

"Come back for me, grandad!"

Thinking she wants to give him a rest, he calls:

"Wait a bit, lass. I'll be back."

"Aren't you coming?"

"Presently."

She sits on the bank and stares moodily at the stream in the evening light. One of the passengers strikes a flint, then raps his pipe against the side of the boat. Emerald bursts into tears.

Her grandfather on his return finds her sitting there disconsolate, unwilling to tell him what the matter is. He urges her to go home and get supper ready, and she feels a fool to have cried. So she hurries home, lights the stove in the dark, gloomy room, and goes to the edge of the cliff to call him to supper. However, the ferryman takes his job too seriously to go back as long as folk are hurrying home to a meal in town. He ferries each singly, rather than keep one waiting, and shouts to Emerald to stop calling him—he will be home as soon as everyone is across.

Next time Emerald calls him, he pays no attention. She sits down, very hurt, on the cliff.

In the dark a large glow-worm darts past, its tail flashing blue. "Let's see how far you fly!" thinks Emerald, following it with her eyes. The nightingale's song floats out again.

"Are you never coming, grandad? I want you!"

The old man hears this plaintive, exasperated cry. "Coming, lass!" he calls gruffly. "Coming!" Inwardly he wonders: What will she do when I'm gone?

He reaches home to find everything dark except for the glowing stove. Emerald is hunched up on a stool beside it, her face buried in her hands.

Going closer, he sees she has been crying. Generally after a heavy day on the ferry, his hands sore, his back aching, he smells cooking as soon as he enters the house and finds Emerald flying round in the lamplight getting supper. Not so today, however.

"This won't do, lass!" he says. "Crying because I'm late! What if I died?"

There is no answer.

"Don't cry! You're not a child now. Chatong girls must have grit."

She uncovers her eyes at that and nestles against him. "I'm not crying now."

At supper he tells her stories to cheer her up and speaks of her dead mother. After they have eaten by the bean-oil lamp, the tired old man drinks half a bowl of white rice wine which puts him in such high spirits that he takes Emerald out to the cliff to tell her more stories in the moonlight. He describes her headstrong mother's clever ways and Emerald listens spellbound.

Hugging her knees in the moonlight, she questions him about her unhappy mother. Once she sighs, as if a load were on her mind and she hopes sighing will relieve it—not that it does.

Silver moonlight lies everywhere, turning the bamboo forests on the hills black. The chirring of insects in the undergrowth is steady as a downpour of rain.

An oriole gives a few trills before realizing it is too late for such a commotion. Closing its little eyes, it settles back to sleep.

The old man is talking with gusto now about the serenading for which twenty years ago this whole border region was known. Emerald's father was the best singer in these parts, with a fine gift of words to conjure up love or hate. And her mother loved singing. Before she ever set eyes on Emerald's father she was answering his songs—the one felling bamboos up in the hills, the other down at the stream ferrying the boat.

"And then what happened?" asks Emerald.

"Plenty happened. The best thing that came of their singing was you!"

14

The ferryman and his granddaughter go to bed, the one tired out from work, the other from weeping. His stories fresh in her mind, the girl dreams that glorious singing is filling the air, floating from the pagoda and vegetable plot to the ferry, then back to the opposite hillside, to those clumps of saxifrage! Looking up from the barge earlier that day she has seen that the lush saxifrage is in bloom. The rock face rises forty feet or more high, so that the flowers are usually out of reach; but now, borne up by a song, she chooses the biggest leaf for an umbrella.

It is just like her grandfather's story. Half asleep on her mat inside linen bed-curtains, she exults in this wonderful dream. But her grandfather, lying awake, pricks up his ears to listen to the singing that continues half the night on the opposite cliff. He knows who the singer is. So Number One is trying out the knight's way! Troubled yet pleased, he listens. Emerald is sleeping so soundly after her tears that he has not the heart to disturb her.

They are up at dawn the next day. Emerald washes her face in stream water to remove the taboo on repeating dreams, then loses no time in telling her grandfather:

"Grandad, after what you said about serenades, I dreamed I heard such lovely, haunting singing! I floated everywhere with the sound, and flew half-way up that cliff to pick saxifrage—I just can't remember who I gave it to! Talk about sweet sleep and pleasant dreams!"

He smiles gently without enlightening her.

"If only you could dream all your life!" he is thinking. "Some men dream they're prime minister or have come first in the palace examination."

Sure that the singer is Tianbao, the ferryman asks Emerald to mind the boat while he takes some herbal remedies into town—an excuse to see how the land lies. Finding Tianbao on the waterfront, he grabs hold of him cheerfully.

"You rascal, Number One! Playing castle and knight at the same time, eh?"

He is wide of the mark, however. Both brothers went to Green Stream, but because the elder had the start in sending a go-between he insisted on the younger singing first. And after Number Two sang, Number One knew he was outmatched and kept quiet. All the songs Emerald and her grandfather heard had been sung by Number Two. Number One, accompanying his brother home, decided to leave Chatong on the new oil boat to forget it all. He is on his way now to see the vessel loaded. Surprised by his glum expression, the ferryman raises his eyebrows quizzically to indicate that he is not taken in and he brings good news. He pats the young man on the back and whispers:

"You sang fine! Someone heard you in her dreams and was quite carried away. You're the best singer in these parts!"

Looking at the old man's weather-beaten impish face, Number One mutters:

"Stow it! You'd better give your precious girl to a song-bird."

More bewildered still, the ferryman follows the young man past one of the houses on stilts down to the river. The new junk is being loaded with oil vats stacked on the bank. One boatman is plaiting straw ropes to make a shelter against spray on the bulwarks. Another sitting on a stone nearby is busily greasing paddles. Asked when the boat is due to leave and who is in charge, this fellow indicates Number One. The ferryman rubs his hands and says:

"Let me give you a tip, Number One! The castle's way isn't getting you anywhere. The knight's way will."

Tianbao points to a window. "Look over there, uncle. If you want a songster for your granddaughter, there he is."

The old man's eyes turn to the window where Number Two is mending a fishing-net.

When he gets back to the ferry, Emerald asks:

"Did you quarrel with someone, grandad? You do look cross."

He laughs, but says not a word of what has happened.

15

So Number One sails downstream with his cargo of oil, leaving Number Two at home. The ferryman thinks, since Number Two was the singer, they will hear more of his songs in the next few days. When evening falls he encourages Emerald to listen for songs that night. After supper they sit indoors. Because their hut stands above a stream, it is filled with the droning of mosquitoes at dusk, and Emerald waves a lighted coil of artemisia in every corner to drive the mosquitoes away. When the room is full of smoke, she puts her coil down at the foot of the bed and sits on a stool to listen to her grandfather. By degrees he steers the conversation around to singing. And finally he asks jokingly:

"Emerald, the singing in your dreams carried you up the cliff to pick saxifrage. Suppose a young fellow really sang to you from the cliff, what would you do?"

She answers, jokingly, "I'd listen for as long as he chose to sing!"

"Three years and six months?"

"Why not, if he sang well?"

"That's not very fair."

"Why not? Anyone singing for me would want me to listen."

"There's a saying: Food's meant to be eaten and songs to be listened to. But a young fellow serenading you would want you to understand the drift of his songs."

"What would that be?"

"That he wanted you to be his sweetheart, of course! If you didn't understand that, you might as well listen to bird-song."

"And suppose I did understand?"

The ferryman slaps his thigh and laughs. "You're a smart girl, Emerald. I'm a foolish old man. You mustn't mind me. Just let me tell you a joke. Tianbao from the waterfront took the castle's way and sent a go-between over. I told you and you didn't seem too pleased, right? But suppose he had a brother who decided to take the knight's road and sing his way into your heart—what would you say?"

Emerald starts and lowers her head, not sure how far this is a joke.

"Which of the two would you choose?" asked her grandfather.

She tries to smile as she begs him:

"Don't joke like that, grandad!" She stands up.

"Suppose I was telling the truth?"

"How can you..." She slips out of the room.

"It was a joke!" he calls after her. "Don't fly out!"

She would not dream of flying out at him, but standing in the doorway she changes the subject. "There's a full moon tonight!" She walks into the soft light. Presently the old man joins her. She sits down on a boulder still warm from the heat of the sun.

"Don't sit on that hot rock, lass," he says. "That's the way to get boils."

But after patting the rock, he sits down himself.

In the tender moonlight a fine white mist is floating above the water. A perfect time for two lovers to sing to each other across the stream. Emerald is thinking over her grandfather's joke. She is no fool and he made his meaning clear. One brother means to take the knight's road and serenade her. She sits silent and expectant.

Sitting there in the moonlight she longs to be serenaded. But the time slips by with no sound from the other hill except the shrill chorus of insects. Emerald goes in to fetch her flute to play in the moonlight. Not satisfied with her performance, she hands the flute over to her grandfather. Holding it sideways, he plays on and on till Emerald's heart is melted.

Sitting close beside him, she asks:

"Who invented the flute, grandad?"

"Someone very happy, you may be sure, to make so many other folk happy. Someone very sad, too, who can make other folk sad! "

"Are you sad, grandad? Angry with me?"

"That I'm not. With you beside me, I'm happy."

"Suppose I ran away?"

"You wouldn't leave your old grandad."

"Just suppose I did. What would you do?"

"I'd set off in my boat to look for you."

Emerald giggles.

"Phoenix and Caltrop Rapids aren't the worst;
No, it's the Whirling Hen Coop that's accursed;
And Whirling Hen Coop's easily passed by;
Black Billows, though, leaps up to meet the sky.

Could your boat shoot all those rapids, grandad? Didn't you tell me the water there whirls as if it had gone crazy?"

"I'd be so crazy by then, Emerald, no high water or huge waves could frighten me."

Emerald thinks seriously and says, "Well, I promise not to go, but what about you? What if someone carried you off?"

The old man says nothing. He has kept the law and is not afraid of officials, but there is no way to stop death from carrying him off.

He stares unwinking at a star on the south horizon, and thinks about his death. "In the seventh and eighth months there are shooting stars — is that when I'm going to die?" He recalls his conversation on the front with Number One, the girl with a mill as dowry and Number Two. Old memories trouble him.

"Grandad!" says Emerald suddenly. "Sing to me!"

The ferryman sings ten songs, and the girl beside him listens with closed eyes. When he falls silent, she murmurs, "I picked another bunch of saxifrage."

He has sung the songs that she heard in her dreams.

16

Although in possession of the field, Number Two does not go back to Green Stream to sing. The fifteenth and sixteenth come and go, and by the twenty-sixth the ferryman can contain himself no longer but goes into town to find the young man. At the city gate, on his way to the waterfront, he runs into Number One's go-between, Yang the Groom, leading a horse out of town.

"I'm glad you've come, uncle," says Yang. "I've something to tell you."

"What's that?"

"It's this: Tianbao's boat got fouled up at Caltrop Rapids. He fell into the whirlpool there and was drowned. Shun Shun's family only heard the news this morning. Number Two set off at once."

The ferryman, stunned, can hardly believe his ears.

"Tianbao drowned?" he repeats incredulously. "Ever hear of a duck being drowned?"

"Duck or no duck, that's what happened... You showed uncommon foresight, not letting him have your granddaughter."

Incredible as the news sounds, Yang's expression bears it out. The old man says bleakly:

"Foresight? It was Heaven's will! We're all in the hands of Heaven..." His heart is brimming over.

Leaving Yang, he hurries to the waterfront in search of confirmation. Paper money is being burned at Shun Shun's door, where a group of gossips have gathered. He walks over—they are canvassing the same news. As soon as they notice the ferryman, however, they start discussing the price of oil downstream. Sick at heart, he decides to look for some friendly boatman.

It is then that Shun Shun comes down the street. The bluff, middle-aged man, nearly prostrate with grief, is making a brave effort to keep going. When he sees the ferryman he says:

"That scheme of ours has come to nothing, uncle. Tianbao's done for. Had you heard?"

The ferryman's eyes are red, he wrings his hands. "Is it true, then? Surely not! When did it happen?"

The man who has hurried back with the news puts in, "Noon of the sixteenth. Our junk ran on to the rocks and started shipping water. Trying to punt clear, Number One got thrown overboard."

"You saw him fall in?"

"I fell in at the same time!"

"What did he say?"

"He'd no time to say anything! He'd said nothing all the trip!"

The ferryman shakes his head and darts an uneasy glance at Shun Shun. As if understanding what is troubling him, the wharf-master says, "It's fate, uncle. Don't take it to heart. I've some good wine here from Daxingchang. You must take some." One of his men fills a bamboo container with wine, covers it with a fresh *tung* leaf and hands it to the old man.

With lowered head he carries the wine towards the wharf, to the place where Tianbao embarked. Yang is down there sitting in the shade of a willow while his horse rolls in the sand. The ferryman plods over and offers him a drink. Sipping the wine, which puts fresh heart into them, the old man describes how the two brothers went to Green Stream on the night of the fourteenth to sing.

"You think Emerald wants Number Two, uncle?" asks Yang. "Number Two can have her?..."

That same moment Nuosong himself comes down from the front, equipped as if for a long journey. At the sight of the ferryman he turns to make off. "Number Two!" shouts Yang. "Come here! I've something to tell you!"

Number Two stops reluctantly. "Come on!" calls Yang with a glance at the ferryman.

"What is it?"

"I heard you'd left. Sit down. I'm not going to eat you! When are you going?"

Sun-burned, broad-shouldered and lithe as a tiger, Nuosong sits down with a constrained smile under the willow. The ferryman, wanting to break the silence, points to the new mill in the distance upstream and says, "Number Two, I hear that mill's to be yours one day! If it is, can I mind it for you?"

Number Two dislikes being sounded out in this way and he says nothing. To ease the tension, Yang asks, "Well, Number Two, are you ready to set off?" The young man nods in silence and walks away.

Cold-shouldered by the young man, the ferryman trudges back unhappily to Green Stream. At the ferry he tells Emerald casually:

"There's news in town today, lass. Tianbao went down to Chenzhou with an oil boat; but luck was against him. He fell into Caltrop Rapids and was drowned."

Emerald does not take this in and pays no attention.

"It's true, Emerald," he insists. "Yang, the go-between who was here, said I'd shown uncommon foresight in not letting him marry you."

She shoots a quick glance at him. His eyes are red and she knows he has been drinking, but he seems put out and she wonders who has crossed him. When the boat reaches their side, he walks home, an unnatural smile on his face. Emerald, minding the boat, hears not a sound from him. When she finally goes back he is sitting on the doorstep plaiting straw sandals.

His manner is so strange that she kneels by him and asks:

"What's the matter, grandad?"

"I tell you, Tianbao's dead! And Number Two holds it against us—he thinks we're to blame!"

Someone yells for the ferry from the other bank, and the old man hurries down. Emerald sits on a heap of straw by the corner of the hut, her heart in turmoil. When her grandfather is slow to return, she starts crying.

17

The old man looks so black, smiles so rarely, and pays so little attention to Emerald that she wonders if he has stopped loving her. She doesn't know the real reason. This lasts no more than a couple of days, however. Then they go on ferrying the boat together just as before, except that something invisible, irreplaceable, seems to have gone out of their life. The ferryman still receives a kindly welcome whenever he calls on Shun Shun, although it is plain that the wharf-master remembers the reason for his son's death. Number Two has gone six hundred *li* away to Chenzhou, trying in vain to find his brother's remains. After posting up notices at every Customs House, he comes back to Chatong. Before long he sets off on another trip to eastern Sichuan and sees the ferryman when he comes to Green Stream. Nuosong behaves as if all the past were forgotten.

"Well, Number Two, it's broiling hot in the sixth month," says the old man. "Aren't you afraid of wearing yourself out with these trips?"

"We've got to eat. I must go even if there's a ball of fire overhead."

"Got to eat! Your family has plenty to eat."

"Maybe, but my dad doesn't like young people to idle about at home."

"Is your dad well?"

"Well enough. He's eating and working as usual."

"Your brother's death has taken it out of him."

Number Two says nothing, staring at the white pagoda behind the ferryman's hut. The thought of that last night together is making his heart ache.

The ferryman eyes him covertly and a smile spreads over his face.

"Number Two, my Emerald had a dream one night in the fifth month..." He darts another glance at the young man who seems neither startled nor angry, and so he goes on,"It was a strange dream. She floated up on somebody's song to pick the saxifrage on that cliff over there."

Number Two looks away, an embarrassed smile on his lips, thinking the old man must be making this up. The ferryman guesses his thoughts and asks, "Don't you believe me?"

"Why shouldn't I? A fine fool I was, singing all night on that cliff."

Taken aback by this frankness, the old man mumbles, "You did... It's true, then..."

"Of course it's true. As true as that Tianbao's dead."

"Well, but..."

The old man, hoping to clear matters up, has gone the wrong way about it and made things worse. He wants to explain in full, but here they are at the bank. Number Two jumps ashore to go on. The old man calls desperately after him:

"Wait a bit, Number Two! Listen to me! You didn't make a fool of yourself that night, but your songs have turned someone's head!"

Nuosong has halted, but he retorts, "Forget it! Don't say any more!"

"Number Two, I heard you'd rather have this boat of mine than the mill. Old Yang told me. Do you mean it?"

"Suppose I do?"

The ferryman takes heart again and suddenly shouts to Emerald to come down. But as ill luck will have it, she is out. They get neither sight nor sound of her. Number Two waits for a while, watching the old man. Then without a word, smiling to himself, he strides off with a porter carrying a big load of bean-vermicelli and white sugar.

Once over the hill beyond Green Stream, they swing along skirting the bamboo forest. The porter says:

"Number Two, that old fellow's taken a fancy to you, all right!"

When the young man makes no response, the other goes on:

"He asked which you'd rather have: the mill or his boat. Are you really going to marry his granddaughter and take over his job?"

Number Two only laughs. The porter says:

"If it was up to me, I'd choose the mill. It'll give you seven pints of rice and three pecks of bran a day."

Number Two says, "When we get back I'll ask my dad to go as your go-between to Zhongzhai to get that mill for you. For me the ferry-boat is good enough. That old fellow's too roundabout, though. If not for him, Number One would still be alive."

The ferryman is disappointed when Number Two leaves before his granddaughter's return. He goes home but cannot find her. She comes back presently with a basket of bamboo shoots picked behind the hill.

"I called you, Emerald, but you didn't hear!"

"What did you want me for?"

"Someone crossed on my boat... Someone you know. We got to talking of you... But when I called, you didn't answer."

"Who was it?"

“You guess, lass. Not a stranger—someone you know.”

Emerald thinks of the brief conversation she has overheard in the forest. She flushes and says nothing.

“Did you get many bamboo shoots?” asks the old man.

She empties her basket on to the floor. There are only a dozen or so bamboo shoots and a big bunch of saxifrage.

Under her grandfather's quizzical glance, she blushes and leaves the room.

18

Another month slips quietly by and aching hearts seem to heal in the long summer days. The heat leaves no time for anything but sweating and making cool drinks: there seems to be no place for love in men's lives. Emerald has her siesta every day in the shade of the pagoda. Being high up, it is cool there, and the birds in the bamboo forest sing her to sleep till she floats with their songs into dreams, fantastic dreams.

Nothing wrong about that. Poets write reams of verse about one little thing; sculptors carve figures that seem alive on the rock; painters use their reds, greens and greys to paint glorious pictures—why should they do this if not hoping for the reward of a smile or an answering frown? Emerald, lacking their means of expression, gives rein to her fancy. Her secret frightens and excites her too. The future is still uncertain, but the turmoil of her emotions cannot be kept hidden altogether from her grandfather.

In a sense the old man understands. But then, again, he understands nothing. That Emerald does not dislike Number Two he knows, but not how the young man feels. Although cold-shouldered by both the lad and his father, he does not give up hope.

"We must fix things up right, not tempt fate." Thinking thus, he feels that the road to love is rough indeed and, open-eyed, dreams more fantastic dreams than any Emerald has.

He asks news from every passer-by of Shun Shun and his son, as if they belonged to one family. But, strange to say, he dreads meeting them. For that makes him tongue-tied and awkward, unable to do anything but clench and unclench his fists. Shun Shun and his son are well aware of this but the bitter memory of the one now gone remains in their hearts and makes them go about their business as if ignorant of the whole matter.

Even after a dreamless sleep, the old man says to Emerald the next morning:

"I had a fearful dream last night!"

"What was it, grandad?"

As if reconstructing the dream, his eyes on her small face and long lashes, he describes one of his rosy daydreams to her. Needless to say, these are not fearful at all.

Every river finds its way at last to the sea. Starting with something far removed, he always ends up in such a way that Emerald blushes and lowers her head. If she starts sulking or looks upset, he pretends to take fright and excuses himself, saying:

"I don't mean that, Emerald, mind you! I'm an old fool, I just ramble on."

Sometimes, though, these foolish ramblings of his make her smile.

One day she blurts out:

"How can you go on like that, grandad?"

Before he can counter, "I've so much on my mind," someone shouts from the ferry.

In that heat, passers-by carrying loads weighing seventy catties like to linger in the cool by the stream, squatting down by the rock to drink cold tea from his pitcher as they pass round their pipes and chat with the ferryman. And so he hears the gossip from all around. They may sit there for quite a time, washing their feet or bathing in the cool stream, and then the talk ranges even further. The old man passes on some of it to Emerald, who learns quite a little this way about rises and falls in prices, the cost of travelling by sedan-chair or boat, how timber is floated down the rapids, how the recruiting officers go to work, how opium is prepared on opium-boats by women with unbound feet... all this and much more.

When Number Two comes back from eastern Sichuan it is nearly dusk, with hardly a ripple on the stream. The ferryman and Emerald are looking over their turnip seedlings. After a long sleep that noon Emerald feels rather restless, so as soon as she hears a shout she runs down to the bank. Two men with their backs to her on the wharf stand out clearly in the evening sun—Nuosong and his hired man! She turns and darts into the forest like some small wild animal that sees a hunter. The two men, hearing her steps, look round just in time to see her disappear. When no one comes, the hired man shouts again.

The ferryman hears him but goes on squatting by his seedlings, smiling to himself. He has seen Emerald turn and guesses she is avoiding someone she knows. When she does not go down, the hired man shouts again. After he has shouted several times, he says, "What's up, do you suppose, Number Two? Can the old fellow be ill, leaving Emerald to manage?" "Wait a bit. Don't be so impatient," says Number Two. So they wait a little longer. Their quietness makes the old man wonder, "Can it be Number Two?" He stays where he is so as not to scare Emerald away.

Presently a different voice rings out. This time it is Number Two and he sounds annoyed. Is he getting impatient? Have they quarrelled? The old man hurries down to the bank, quite flustered. He finds them already on board.

"Well, Number Two!" he cries. "You're back again!"

The young man looks far from pleased. "That's right—what's happening here? How long do you expect us to wait?"

"I thought—" The old man looks round. There is no sign of Emerald, but catching sight of Brownie running out of the forest he knows she is on the hill. "I thought you'd crossed."

"Crossed? How could we cross without you?" As the hired man speaks a waterfowl flies past. "The birds are going to roost. We must hurry home for supper."

"It's not late. You'll be back in time." The ferryman jumps aboard, thinking, "Didn't he want to take over this boat of mine?" He hauls the barge into midstream.

"Must have had a rough trip, Number Two!"

The young man listens moodily to his remarks. When they reach the bank, he and his man shoulder their loads and make off without a word. Their coolness is not lost on the ferryman, who shakes his fist after them, swearing under his breath as he hauls the ferry back.

19

Emerald's flight and her grandfather's long delay make Number Two suspect that his chances are slim. True, the ferryman keeps hinting that all will be well, but his cryptic utterances are not too reassuring. And, remembering his brother, Nuosong misunderstands the old man's efforts. He goes home resentful and exasperated. Three days later, a man from Zhongzhai comes to sound them out. He calls on Shun Shun and asks his son's intentions: Does he want the new mill or not? The wharf-master puts the question to Number Two, who says:

"If it's to please you, dad, and getting hold of this mill and a daughter-in-law from Zhongzhai would make you happy—go ahead and accept. If it's to please me, this needs some thinking over—I'll let you know in a few days. I still haven't made up my mind whether it's a mill I want or a boat. Maybe I'm fated to be a ferryman!"

The middleman, returning with this message past Green Stream, cannot resist chuckling at sight of the ferryman when he recalls Number Two's answer. The old man knows he comes from Zhongzhai and asks what business has taken him to town.

"Nothing special. I just dropped in to see the wharf-master."

"You wouldn't have made the trip without some reason."

"Well, we did talk something over."

"What was that?" Since the other says nothing, the old man goes on, "I hear your master's thinking of giving that mill by the river and his daughter to Shun Shun. Will they make a match of it?"

"It's all fixed up." The man from Zhongzhai grins. "Shun Shun is for it and when he asked his son..."

"What did his son say?"

"He said, 'I've a choice between a mill and a boat. First I wanted the boat, now I've settled on the mill.' After all, a boat's a more chancy thing than a mill! He's got his head screwed on the right way, that lad..."

This man is a rice-dealer, a smooth customer, who knows very well— though he pretends not to—what the "boat" in this case means. When the ferryman makes as if to speak, he goes on:

"Well, it's all a question of fate. Men's hands are tied. Too bad about Shun Shun's eldest, a fine youngster like that getting drowned!"

This thrust hits the ferryman hard and makes him bite back the question on the tip of his tongue. Then the other continues on his way, leaving the old man standing dismayed on his boat. His spirits sink even lower at the thought of Number Two's cold manner that day when he crossed the ferry.

Emerald has been amusing herself up by the pagoda. Now she runs to the rock above the stream to ask her grandfather to sing. When he pays no attention, she hurries petulantly down to the water's edge and finds him in the dumps for some unknown reason. At sight of her radiant, sun-burned face he gives a sheepish smile. A porter is waiting on the other bank, and the old man casts off without a word to Emerald, though in midstream he starts singing loudly. Once he has ferried the porter across he steps ashore and comes up to her, still smiling sheepishly, one hand to his forehead.

"Are you running a fever, grandad?" she asks. "Lie down and rest in the shade. I'll see to the boat."

"You'll see to the boat? Fair enough, that's to be your job."

He does feel rather feverish, with a constriction at heart. Though he pretends nothing is wrong, he goes home to gash himself with a crock and let out some blood before lying down to sleep.

Emerald in charge of the boat is strangely happy. "If grandad won't sing, I'll sing for myself," she decides.

Lying with closed eyes, the old man hears her singing. His heart pains him but he tells himself this is not a serious illness: he will be better tomorrow. He must go to the waterfront, there is so much to see to...

Though he gets up the next day, his head is still heavy. Emerald, rising to the occasion, prepares a cooling concoction and makes him take it, after which she picks some garlic behind the house to boil with congee for him. Between trips on the boat she runs home to see how he is. He says nothing, but his secret preys on his mind. Three days in bed restore him enough to walk about a little; and although his bones still ache he decides to go into town. Emerald, who is still in the dark, begs him not to go.

He clenches and unclenches his hands, wondering whether to tell her the reason. At sight of her sunburned oval face and clear bright eyes, he sighs.

"I've urgent business, lass," he says. "I must go."

"What urgent business?" She pouts.

He knows her temper and sees she is upset, so instead of insisting he puts away the bamboo container and embroidered wallet he has got out to take. "All right, I won't go!" he concedes. "Not if you're afraid I'll fall down and kill myself! I just wanted to go while it's still cool to clear some matters up... But tomorrow will do."

"Yes, go tomorrow, grandad," she agrees gently. "Your legs are still shaky. Have a good rest today!"

With an indignant gesture he starts out, nearly stumbling over his stick for plaiting straw sandals at the door. As he recovers his balance, she teases: "What did I say? Always so sure you know best!"

He picks up the stick and throws it into a corner. "Think I'm an old crock, do you? Wait a few days and I'll kill a panther to show you!"

That afternoon it rains, but the old man talks Emerald into letting him go. Unable to go with him, she makes him take Brownie. In town he meets an old friend who keeps him talking about the price of salt and rice and takes him to the customs office to inspect the new horse just bought by the head of the revenue bureau. After that he goes to the waterfront to see Shun Shun. He finds him playing cards with three other men and, unable to get a word with him in private, just stands there watching. Shun Shun offers him wine but he declines—saying his stomach is still upset. The game drags on and there he stays, while Shun Shun gives all his attention to his cards. It is someone else who notices his tense expression and asks if he has business. Nervously clenching and unclenching his hands, he admits he would like a word with the wharf-master.

Shun Shun, understanding at last why he has stood watching so long, looks up with a smile.

"Why didn't you say so? I thought you were impressed by my game!"

"I just wanted a word... Didn't like to interrupt you..."

Shun Shun cheerfully throws down his cards and leads the way into an inner room.

"Well, what is it?" The pity in his voice indicates that he guesses what is coming.

"A man from Zhongzhai told me you're planning to marry your son to Captain Wang's daughter—is that true?"

The ferryman's eyes are fixed on Shun Shun's face as if willing him to give the answer he wants. The wharf-master says, "That's right." His tone implies, "Is it any business of yours?"

"It's true then?"

"Yes." The offhand answer implies again, "What has this to do with you?"

Trying to hide his dismay, the ferryman asks, "What about Number Two?"

"He left on a junk some days ago for Taoyuan."

Number Two, in fact, has fallen out with his father before setting off on this trip. Broad-minded Shun Shun may be, but he does not want the girl who caused Tianbao's death to marry his second son. That is only natural. The custom in these parts is for young people to settle such questions themselves—grown-ups have no say. Normally, if Number Two and Emerald were in love, Shun Shun would raise no objection to their marriage. Somehow or other the ferryman's deep concern over the matter has given both Shun Shun and his son the wrong idea about him. The wharf-master holds the officious old man to blame for the recent tragedy in his house. His friendly manner conceals underlying resentment.

Not giving him a chance to go on, Shun Shun says bluntly:

"Forget it, uncle! Save your mouth to drink wine, not to sing for the young folk! I understand you; you mean well. You've got to understand me too. We should stick to what concerns us, not meddle with our children's affairs."

This takes the wind out of the ferryman's sails and before he has a chance to reply the wharf-master leads him back to the card-table.

The old man has nothing to say. Shun Shun is still laughing and joking, but the way he flings down his cards shows that he is annoyed. Without a word the ferryman puts on his conical hat and leaves the house.

It is still early and the dejected old man goes to town to see Yang the groom. He finds him drinking and, though he pleads sickness, Yang forces him to down a few cups. He is sweating by the time he reaches Green Stream, where he douses himself with cold water. Tired out, he asks Emerald to mind the boat while he goes home to sleep.

It is a close, stifling evening. Red dragon-flies are skimming low over the water. Clouds gather in the sky and a sultry wind makes the bamboos creak and groan. A storm is brewing. Emerald frets on the boat as she watches the dragon-flies, and, worried about her grandfather, runs home. He is not asleep as she expected, but sitting on the doorstep making sandals.

"Grandad! How many sandals do you need? There are still fourteen pairs by your bed. Why don't you rest?"

He struggles to his feet and stares up at the sky, then mutters under his breath, "There's going to be a big thunderstorm this evening! Mind you moor the boat under the rock—it's going to pour!"

"I'm scared, grandad!" she says. But it is not thunder or lightning that frightens the girl.

As if aware of this, the ferryman answers, "What's there to be scared of? What must be, must be. Don't be afraid!"

20

That night, sure enough, rain pours down and thunder crashes. A flash of lightning just behind the hut is followed by a tremendous roll of thunder. Emerald shivers in the dark and her grandfather wakes. Knowing she is scared and afraid she may catch cold, he gets up to cover her. "Don't be scared of lightning, Emerald!"

"I'm not!" she tells him, thinking, "Not with you here!"

After the next thunder-clap a fearful crash blots out the swish of the rain. It sounds like a landslide. They wonder if the cliff has collapsed, burying their boat beneath it!

They lie there in silence, the old man and the girl, listening to the downpour and thunder.

Before long, in spite of the storm, Emerald falls asleep. When she wakes it is light and the rain has stopped, but runlets are racing down the hills into the stream. Her grandfather still seems fast asleep, so she gets up quietly and tiptoes out. Then path in front of their door has become a canal down which muddy water from behind the pagoda is rushing to cascade over the cliff. Everywhere channels have appeared overnight. The vegetable plot is flooded, the seedlings smothered in gravel. Walking forward she sees that the swollen stream has submerged the wharf and is lapping round their pitcher. The path down to the wharf is transformed into a gurgling yellow brook. The hawser is under water. The barge she left under the cliff has disappeared.

For the moment this does not worry her, for the cliff has not caved in after all. But as she looks this way and that for the boat, a gasp escapes her—the white pagoda behind their hut has gone! She races back there. Yes, the pagoda has crumbled into a mountainous clutter of rubble and bricks. She screams in terror for her grandfather. When he makes no answer, she dashes inside to shake him frantically. Still he utters not a sound. His life has guttered out as the storm died down.

Emerald is shaken with sobs.

Before long a runner on official business reaches the far side of the stream and shouts for the ferry. Emerald is crying by the stove as she heats water to wash her grandfather's body.

The man loses patience and throws pebbles at the hut, thinking the ferryman must be asleep. Her face wet with tears, Emerald hurries to the cliff.

"Get a move on, there! Where's the boat?"

"It's broken its moorings."

"Where's your grandfather? Why isn't he on the job?"

"Fifty years he stayed on the job—now he's dead!"

Emerald breaks down again. The man realizes he will have to go back to report this.

"Is he truly dead?" he exclaims. "Don't cry! I'll go back and get them to send a boat with all you'll need."

Back in town he spreads the news, and soon everybody around Chatong knows of it. The wharf-master sends for an empty boat to take a plain wood coffin to Green Stream. Yang and another old soldier hurry to the hills by the stream to cut a few dozen big bamboos and lash them together as a make-shift ferry. When this raft is ready, they punt it across and Yang, leaving the old soldier in charge of the ferry, goes up to see his dead friend. His eyes brimming, he lays gentle hands on those rigid limbs and does what has to be done. Other helpers arrive, and the boat with the coffin is rowed round from the river. The old Taoist from town has brought his stock-in-trade, an old linen gown and a large rooster with which to carry out the due rites by the coffin, chanting masses and calling back the dead man's spirit. He crosses by the raft too. People come and go while Emerald, huddled on a low stool by the stove, sobs to herself.

Noon brings Shun Shun, accompanied by a man carrying a sack of rice, a vat of wine and a large leg of pork. He tells the girl:

"Emerald, I have heard of your grandad's death—death is the lot of us all. After a long, hard life he deserves a rest. You've no call to worry, I'll look after you!"

After seeing that all is in order, he goes away. That afternoon, when the body has been laid in the coffin, all the helpers leave except the priest, Yang the groom and two young hired men sent by the wharf-master. Before dusk falls, the Taoist makes some red and green paper flowers and moulds a few candlesticks out of clay. When it grows dark he lights a big yellow candle on the table in front of the coffin, burns incense and sets small candles all round. In his blue linen gown, a small paper banner in his hand, he slowly starts to circle the silent coffin, followed by Emerald with Yang bringing up the rear. The two hired hands stand by the stove, keeping up an irregular din on their gong and clappers. The Taoist, walking with closed eyes, intones incantations to comfort the dead man's spirit.

When he chants of the spirit's arrival in the Western Paradise where flowers bloom in every season, Yang raises high the wooden dish in his hands and scatters the paper flowers over the coffin.

The ceremony ends with fire-crackers at midnight, by which time the candles have nearly burned out. Her eyes still streaming, Emerald makes haste to light the stove and prepare a meal for the men. After eating, the Taoist curls up on the dead man's bed to sleep. The others must keep watch by the coffin. To liven the proceedings, Yang drums on the bottom of an empty rice measure and sings two songs from the *Twenty-four Acts of Filial Piety*—"Wang Xiang Lies on Ice" and "Huang Xiang Fans the Pillow".

A whole day of weeping and a whole day of commotion have tired Emerald out. She leans her head on the coffin and dozes off. Yang and the two hired hands are in high spirits after the meal and a few cups of wine, so they take it in turn to sing. Soon Emerald wakes, wondering if it is all a dream; but no, there is the coffin—her grandfather is dead. Her tears brim over again.

"Don't cry, Emerald! Tears won't bring him back to life."

Yang tells a ribald joke about the tears of a bride, which throws the two hired hands into fits of laughter. Brownie barks outside and Emerald opens the door. She stands in front of the hut for a while, listening to the insects all around. The moon is bright, the clear blue sky is inlaid with brilliant stars. It is all unbelievably quiet and lovely. She wonders:

"Can it be true? Is grandad really dead?"

To be on the safe side, Yang follows her. He knows girls may look calm when a fire is smouldering inside them. Now her grandfather is dead and all her hopes dashed, she may jump over the cliff to join the old man. For this reason he has been keeping an eye on her. She is still standing there as if in a trance when by and by he coughs.

"Dew's falling, lass. Aren't you chilly?"

"No."

"It's a beautiful night."

"Oh!..." She exclaims at a shooting star.

To the south falls another shooting star. An owl on the further hill hoots.

"Emerald!" Standing beside her now, he urges her gently, "Go in and have a sleep. Don't do anything rash. It's a release for an old man to die. Don't make him worry about you!"

She goes quietly back to her grandfather's coffin and sinks down on the ground to sob again. The two hired hands are asleep.

Yang coaxes her in a low voice, "Now then, don't cry! Don't make your grandad feel bad. Crying only makes your eyes swollen and your throat hoarse—what use is that? I tell you, I know what was on your grandad's mind. You can count on me: I'll fix things up the way he'd have wished. I know how to handle this. I'll get someone both he and you like to take over the boat. If they don't agree, I'm not too old to swing a scythe and have it out with them! Don't you worry, Emerald. Leave it all to me!..."

Somewhere far away a cock crows. The old Taoist, mutters to himself half asleep, "What, is it light already? Must be stirring..."

21

Bright and early the helpers bring ropes and poles out from town.

Six men bear the old ferryman's small, plain wooden coffin to its resting place in the hills behind the ruined pagoda, followed in silence by wharf-master Shun Shun, Yang the groom, Emerald, the old Taoist priest and Brownie. Upon reaching the square pit dug in readiness, the old Taoist jumps in, as the custom is, to place cinnabar and rice in the four corners and centre. After burning paper money and chanting a prayer for the dead man's soul, he clambers out and signs to the coffin-bearers to lower their load. With a strangled cry, Emerald throws herself on the coffin and refuses to rise. The groom has to tug her away by force. Soon the coffin is lowered, set four-square, the ropes are hauled off and fresh earth is shovelled into the grave. Emerald is still sobbing on the ground. The Taoist, who must preside over a fast in town, has to hurry back to the ferry. The wharf-master, a busy man, leaves the groom to see to things here while he goes back too. The helpers, after washing their hands in the stream, scatter on their different business, knowing that hanging round to offer condolences would simply upset the girl more. This leaves only three people by Green Stream: Emerald, Yang the groom and Bald Chen, given temporary charge of the ferry by the wharf-master. Brownie dislikes this bald man who once flung a stone at him, and from time to time growls softly as if to say, "What are you doing here? We don't need you!"

That afternoon Emerald begs the old groom to go into town and get someone else in the barracks to mind his horses so that he can come back and keep her company. Upon his return he sends Bald Chen away.

Emerald and Brownie go on minding the boat, letting the old groom sit on the cliff and rest or sing to her in his old, raucous voice.

Three days later the wharf-master comes to propose that Emerald move to his house. Wanting to stay near her grandfather's grave, she refuses. She asks him to get permission from the yamen for the groom to stay with her for the time being. Shun Shun agrees and goes off, having made her a present of a few catties of sugar.

Yang the groom is getting on for sixty. He served in the same company as Emerald's father and can tell better stories than her grandfather; besides which, he is so warm-hearted, spry and handy that she feels she has lost a grandfather only to find a new uncle. When passengers on the ferry ask about the poor old man, or she thinks of him at dusk, her heart is sad. But as time goes by the pain subsides. Every evening the two of them sit on the cliff to talk about the poor old man in the cold, wet ground. The girl hears much new to her and draws comfort from it. They talk of her father too, the soldier who longed for love as well as honour, how in his Green Battalion uniform—a green tunic and black silk turban—he was a sight to turn the head of all the village girls. The groom speaks of Emerald's mother too, the sweet singer she was, and how everybody loved the songs she sang.

Times change and everything with them. If even the emperor has been dragged off his golden throne, what vicissitudes must be the fate of lesser mortals! The groom smiles wrily to recall how as a young man he spruced himself up and led his horses to the hills near Green Stream to sing to Emerald's mother; she had no time for him—yet now he has become the sole support and confidant of her daughter!

Every evening the two of them talk of her grandfather and all that concerns her family.They talk of what led up to the old man's death, till Emerald understands much that in his lifc hc kept from her: Number Two's serenading, the death of Number One, the coolness of Shun Shun and his son towards the ferryman, the mill used as a bait to catch Number Two, who with his brother's death on his mind and failing to get any notice from Emerald, yet is so angry at the pressure put on him to take the mill when it is the boat he wants that he goes down river. So she had much to do with her grandfather's death... All these puzzles are cleared up now. But the new knowledge makes her cry all night.

Four weeks after the funeral, the wharf-master summons the groom back to town and proposes again that Emerald should move to his house. The groom says she should be consulted. And when he finds her still reluctant to leave, he makes a counter-proposal. Since she has not married into the family, living in a strange man's house would be awkward, she had better stay at Green Stream till Number Two's return. Who knows? He may still want to come and mind the ferry!

She agrees to this. And the old groom, imagining that Number Two will be back any day, leaves his horses in someone else's care while he keeps Emerald company. So the weeks slip by.

Now the white pagoda at Green Stream is generally believed to have much to do with the favourable influences at work round Chatong. It is absolutely essential to rebuild it. Contributions are collected from the garrison headquarters, customs office, different shops and households and the big landlords on the outskirts of Chatong. In order that the building of the pagoda may not benefit a few individuals only, everyone is given a chance to accumulate merit by subscribing; and so the new ferry-boat carries a bamboo tube with a slot in the middle through which anyone who wishes can put in money. When it is filled the groom takes it to the authorities in town and brings back another. Passers-by who see the old ferryman has vanished, while Emerald is wearing a white mourning ribbon in her hair, know the old man, his task done, is lying at rest in the earth as food for the worms. With sympathetic glances at the girl, they put money into the bamboo tube, murmuring, "Heaven preserve you! The dead has gone to the Western Paradise. Peace be with the living!" Emerald's heart is touched and pained by their pity, and she turns quickly away to pull the boat.

When winter comes a new white pagoda is completed. But the young man whose serenading in the moonlight made Emerald's heart soar up lightly in her dreams has not come back to Chatong.

He may never come back. Or he may come back tomorrow.

April 19, 1934

经典译林

Yilin Classics

书名	单价	书名	单价
癌症楼	78.00 元	艾青诗集	35.00 元
爱的教育	39.00 元	安娜·卡列尼娜	65.00 元
安徒生童话选集	42.00 元	傲慢与偏见	36.00 元
奥德赛	92.00 元	八十天环游地球	32.00 元
巴黎圣母院	42.00 元	白洋淀纪事	39.00 元
百万英镑	35.00 元	包法利夫人	38.00 元
悲惨世界（上、下）	98.00 元	背影	28.00 元
被侮辱与被损害的人	39.00 元	边城	36.00 元
变色龙：契诃夫中短篇小说集	39.00 元	变形记 城堡	38.00 元
草叶集：惠特曼诗选	39.00 元	茶馆	32.00 元
茶花女	35.00 元	查拉图斯特拉如是说	38.00 元
沉思录	29.00 元	城南旧事	29.00 元
大卫·科波菲尔（上、下）	79.00 元	当代英雄	45.00 元
稻草人	29.00 元	地心游记	32.00 元
飞鸟集·新月集：泰戈尔诗选	39.00 元	飞向太空港	39.00 元
福尔摩斯探案集	58.00 元	复活	42.00 元
傅雷家书	49.00 元	富兰克林自传	36.00 元
钢铁是怎样炼成的	39.00 元	高老头	39.00 元
格列佛游记	35.00 元	格林童话全集	49.00 元
给青年的十二封信	38.00 元	古希腊悲剧喜剧集（上、下）	118.00 元

书名	单价	书名	单价
海底两万里	38.00 元	红楼梦	55.00 元
红与黑	49.00 元	呼兰河传	35.00 元
呼啸山庄	39.00 元	基督山伯爵（上、下）	108.00 元
纪伯伦散文诗经典	42.00 元	寂静的春天	35.00 元
假如给我三天光明	32.00 元	简·爱	39.00 元
金银岛	35.00 元	荆棘鸟	45.00 元
静静的顿河	128.00 元	镜花缘	49.00 元
局外人·鼠疫	38.00 元	菊与刀	35.00 元
宽容	32.00 元	昆虫记	39.00 元
老人与海	32.00 元	理想国	45.00 元
聊斋志异	55.00 元	列那狐的故事	39.00 元
猎人笔记	38.00 元	林肯传	39.00 元
鲁滨逊漂流记	39.00 元	鲁迅杂文选集	36.00 元
绿山墙的安妮	36.00 元	罗马神话	16.80 元
罗生门	39.00 元	骆驼祥子	32.00 元
麦田里的守望者	38.00 元	美丽新世界	35.00 元
名人传	39.00 元	拿破仑传	49.00 元
呐喊	29.00 元	牛虻	38.00 元
欧·亨利短篇小说选	36.00 元	欧也妮·葛朗台	32.00 元
彷徨	32.00 元	培根随笔全集	38.00 元
飘（上、下）	88.00 元	普希金诗选	42.00 元
乞力马扎罗的雪	39.80 元	热爱生命·海狼	38.00 元
人间草木：汪曾祺散文精选	49.00 元	人类群星闪耀时	36.00 元
人性的弱点	39.00 元	日瓦戈医生	68.00 元

书名	单价	书名	单价
儒林外史	42.00 元	三个火枪手	59.00 元
三国演义	59.00 元	沙乡年鉴	42.00 元
莎士比亚喜剧悲剧集	49.00 元	少年维特的烦恼	28.00 元
神秘岛	48.00 元	神曲（共三册）	128.00 元
圣经故事	35.00 元	十日谈	68.00 元
双城记	45.00 元	水浒传	69.00 元
四世同堂（上、下）	78.00 元	苔丝	39.00 元
谈美	26.00 元	谈美书简	36.00 元
汤姆·索亚历险记	32.00 元	汤姆叔叔的小屋	45.00 元
唐诗三百首	39.00 元	堂吉诃德	78.00 元
天方夜谭	42.00 元	童年	38.00 元
童年·在人间·我的大学	49.00 元	瓦尔登湖	36.00 元
我是猫	39.00 元	物种起源	42.00 元
雾都孤儿	44.00 元	西顿野生动物故事集	38.00 元
西游记	48.00 元	希腊古典神话	49.00 元
乡土中国	36.00 元	小妇人	45.00 元
小王子	29.00 元	星星离我们有多远	35.00 元
羊脂球	38.00 元	一九八四	36.00 元
伊利亚特	82.00 元	伊索寓言全集	35.00 元
尤利西斯	58.00 元	约翰·克利斯朵夫（上、下）	98.00 元
月亮和六便士	45.00 元	战争与和平（上、下）	108.00 元
朝花夕拾	22.00 元	中国民间故事	39.00 元
中国哲学简史	48.00 元	子夜	49.00 元
最后一课	36.00 元	罪与罚	66.00 元